U0932165

叙旧

叙旧文丛

舊時文事

——民国文学旧刊寻踪

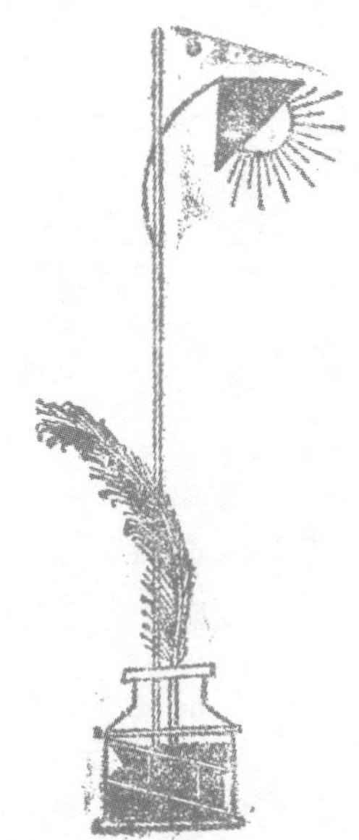

何宝民 著

海峡出版发行集团 THE STRAITS PUBLISHING & DISTRIBUTING GROUP | 福建教育出版社

何宝民，1939 年生，河南南阳人。编审。著有《寓言十家》,《鸣溪谷书话》等，主编《世界华人学者散文大系》(十卷)。

“叙旧文丛”出版弁言

叙，讲述，盼侧耳倾听；旧，过去，期一日相逢；叙旧，网罗旧闻，纪言叙之，以温故，以溯往，以述怀，以知新。

搜寻、稽索、钩沉、抉隐，一句话，一件事，一本书，一个人，那满满的闪着光芒的过去，在琐细字间，鲜活，绽放。

走进旧时光，来一场返程之旅，为那心中永不褪色的旧日情怀。我们相信，叙旧的过程，是唤醒记忆，省思历史，亦是安顿今者，启示未来。

且流连，那些文学史上的风景

陈四益

何宝民先生新著问世，责我作序。序，我何敢！但他结集之前，散见于几种期刊的“民国文学旧刊寻踪”系列文章，确曾读过一些。随着他的笔触，行走于中国现代文学史那多姿多彩的“山阴道上”，一丘一壑，一草一木，大有应接不暇之感。

我读大学的时候，“现代文学史”包括了“五四”以后中国的全部文学。后来强调“十三年”（1949～1962），于是，把“现代”断在1949年之前，之后一段就叫“当代文学”了。这样，所谓“现代”便大体同“民国时期”重合。

近三十年来，对于中国现代文学史的叙述与研究已经有了长足的进步，皇皇巨著出了不少。我因不做专门研究，细心读过的并不多，倒是宝民先生这些“旧刊寻踪”，一人、一刊，一文、一事，不去分阵营，归流派，别正闰，排座次，娓娓道来，颇合我“闲读”的口味。许多旧人、旧刊、旧文、旧事，若不是他细心梳扒，或许无需多久都将归于湮灭。

譬如，郑振铎、巴金、靳以于1934年创办的《文学季刊》，是广为人知的。《文学季刊》还有一个同年创办的姊妹刊《水星》，今天知道的人就不多了。主编者都鼎鼎大名，除郑、巴、靳外，还有卞之琳、李健吾、沈从文等人，由卞之琳负责。作者群，更是群星灿烂——茅盾、周作人、张天翼、冰心、何其芳、李广田、蹇先艾、臧克家、吴伯箫、废名、丽尼、艾芜、荒煤、梁宗岱等等，都是现代文学史绕不开的人物。

《水星》的作者群中还有一位名叫张天，南阳人，孤陋如我，便闻所未闻。他的作品多写南阳农村的生活，除《水星》外，在《新小说》和《人间世》也有作品发表。《新小说》称他为“特别值得推荐的”“新出的作家”，认为他的笔致、语言直可追老舍的短篇。卞之琳回忆《水星》，说他和靳以都对张天寄予了最大的希望。可惜《水星》只出了九期便因时局等各种原因终刊，而张天也就此消失于文坛，成了中国现代文学史上

"失踪"了的作家。宝民先生曾想通过南阳地方史志查出些他这位乡贤的踪迹，可惜也如南阳刘子骥之觅桃花源，无果而返。其实，就是《水星》这本相当重要的文学刊物，一段时间里，在中国现代文学史上，也几近于"失踪"了。

有些作家和文学刊物，虽然并未失踪，但也因种种原因消失于大陆中国现代文学史的视野。宝民先生有专文介绍《谈风》：1936年在上海创刊，主编为周黎庵。大概因为刊物和编者在文学趣味上同周作人、林语堂等走得较近，被归于幽默一派，连带着刊物上不少揭示现实的作家与作品，也都长期被冷落或被消失了。原名王焕斗的作家老向，在《谈风》上连续发表的《宛西见闻记》，也如张天的小说，是对现实的揭露，那真实与残酷，是许多标语口号式的左翼作家所远远不及的。老向是"五四"运动的亲历者，大革命时期离校南下参加北伐，后又重返北大求学。抗战时期从事抗战文化宣传，创作了大量以抗战为主题的通俗文化作品，深受民众喜爱。香港著名作家、文学评论家刘以鬯称，"在现代中国作家中，作品能竭力摆脱西洋文学的影响的，老向是极少数中间的一个。他的作品，民族风格显明，不大有洋葱味。"可惜这样一位有独特贡献的作家，长期被漠视，自 1957 年错划为右派后，更是入了另册。他在“文革”中死去。即便现代文学史的研究者，记得他并给与恰当评价的人，也已寥寥，他是一位“被失踪”的作家。

旧刊寻踪，还会有许多有意思的发现。还原到当时的情境，作家间或作家群间的壁垒，其实并非像后来某类叙事那样红白分明，似乎真个“汉贼不两立”似的。

章衣萍，因着鲁迅《教授杂咏》一诗的讥嘲和他那些小说，被列入色情文学作家，并非无因。但他先前与鲁迅一起筹办《语丝》，“三一八”惨案后，愤而作“卖国有功，爱国该死；骂贼无益，杀贼为佳”的联语，也曾相当激进，便很少有人还记得，或虽然记得却不敢或不肯提及了。

鲁迅到上海后，在暨南大学的讲演，有两次都是章衣萍所邀。其中一次，就是直到今天还为人不断提到的《文艺与政治的歧途》，讲稿最先发表于暨南大学学生文艺社团秋野社的社刊《秋野》。秋野社就是时任暨大文学院院长的章衣萍发起建立的。这一次演讲，有章铁民与曹聚仁两个记录稿，后来鲁迅在曹稿的基础上重加整理，收入了《集外集》。

鲁迅在暨南大学还有一次讲演，讲题是《离骚和反离骚》，记录稿刊于《暨南学刊》。这次讲演的记录稿记得粗疏，还有一些错误，也未经鲁迅认可或重新整理，所以后来不曾收入鲁迅的各种文集。但记录稿中，仍保留了不少鲁迅式的深刻与幽默。譬如他说“离骚”就是牢骚。“反离骚”就是反对发牢骚，以为人应听天由命，发什么牢骚？人一发牢骚，社会就会扰乱了。而发牢骚的则说，因为社会扰乱了，所以我要发牢骚。发牢骚多少会使人们的意识清醒些。现在的出版物《新月》，说是只限于文艺的研究，不许人发牢骚，这便是“反离骚”遗下来的精神。不过，鲁迅以为，这两派——牢骚与反牢骚都不是社会的叛徒。发牢骚也绝不至扰乱社会。发牢骚的也都为一己利禄而已，整个的社会问题仍是不会涉及的！

直到现在，“离骚”与“反离骚”的争论依旧在继续，而大致是与权势者同一步调的，都是“反离骚”派，而相反立场者则是“离骚”派。鲁迅说这两派都不是“社会的叛徒”，发牢骚绝不至扰乱社会，至今也依然是不刊之论。

李长之因1957年之役，早已销声匿迹，只是这几年才又稍稍被人提及，他的《鲁迅批判》也得以再版。他关于“批评是反奴性的”见解，今天读来仍有振聋发聩的感觉："凡是屈服于权威，屈服于时代，屈服于欲望（例如虚荣和金钱），屈服于舆论，屈服于传说，屈服于多数，屈服于偏见成见（不论是得自他人，或自己创造），这都是奴性，这都是反批评的。千篇一律的文章，应景的文章，其中决不能有批评精神。""真正批评家，大都无所顾忌，无所屈服，理性之是者是之，理性之非者非之。"（《产生批评文学的条件》）这期望，我们今天做到了吗？

读宝民先生新著，语皆平实，如聆听"讲古"，如对坐闲谈，不求"体大思深"，但那一花一树、一枝一叶，许多现代文学史上自行消逝或被消失的人物与作品，社团与期刊，已足令人流连。鲁迅曾说他的杂文集"当然不敢说是诗史，其中有着时代的眉目，也决不是英雄们的八宝箱，一朝打开，便见光辉灿烂。我只在深夜的街头摆着一个地摊，所有的无非几个小钉，几个瓦碟，但也希望，并且相信有些人会从中寻出合于他的用处的东西"（《〈且介亭杂文〉序言》）。宝民先生的书中，我想读者也一定会寻出合于他的用处的东西。

在喧嚣的时代，这种吃力的、细致的工作，未必讨好，但若想细致地了解中国现代文学史，这些"细节"怕也真是不该忽视的元素。

目 录

且流连，那些文学史上的风景/陈四益

1 .《秋野》的《文艺与政治的歧途》
10 .《戈壁》上叶灵凤的漫画
21 . 王任叔、张孟闻与《山雨》
30 . 许啸天与《红叶》周刊
40 .《论语》和魏猛克漫画鲁迅
51 .《十日谈》的《文坛画虎录》
62 .《水星》和张天的小说
73 . 储安平与《文学时代》
83 .《绿洲》和甘雨胡同六号
93 . 史济行、《西北风》和鲁迅的《白莽遗诗序》

102 .《今代文艺》和郭沫若的戏联

112 .《谈风》的《宛西闻见记》

123 . 蒋弗华与《书人月刊》

133 .《文艺战线》与何其芳、卞之琳、沙汀

145 . 刀与笔社和《刀与笔》

156 .《大风》中沈从文的“梦”和“摘星”“看虹”

167 .《文艺生活》的“鲁迅研究资料”

177 .《人间》与胡兰成

186 . 李长之与《书评副刊》

196 .《文艺春秋副刊》的书话

206 . 后记

《秋野》的《文艺与政治的歧途》

《秋野》是上海暨南大学秋野社的社刊。二十世纪二十年代末上海学生文艺社团中，秋野社是为人熟知的一个，由暨大校长秘书兼文学院院长章衣萍（1900～1947）发起建立。暨大学生陈翔冰、陈好雯、陈雪江、郑吐飞（原名郑泗水）等，暨大的教师夏丏尊、顾仲彝、叶公超、余楠秋、张凤、汪静之、章铁民等，都是秋野的校内社员。文学社成立时正值天高气爽的秋天，于是从李贺《南山田中行》诗中取“秋野”二字命名。1927 年 12 月，社刊《秋野》创刊，暨大出版科出版，上海开明书店发行。三十二开本，一百余页。

章衣萍在《发刊词》中道出了秋野社的宗旨：“秋

野社是为坦白的表现我们的感情，我们心灵上的苦闷而产生的，其唯一的目的是从荒寞中辟出乐园来。”进而抒发了秋野社同仁的心声：“我们住在青天白日下的江南革命之邦，我们勇敢的前驱的战士的鲜血已经流成河渠了。然而，看呵，我们的心灵是怎样的苦闷，我们的感情是怎样的隔膜，我们社会是怎样寂寞和消沉！‘从寂寞中辟出乐园’来，实在不是容易的事。朋友们，我们不必想望那遥远的‘乐园’，并且，‘乐园’实在不是我们暂时所需要的事。同是站在战场的血泊里的人，我们应该悲哀地哭，应该狂乐地笑，用我们的哭声和笑声去安慰那伟大的地下和地上的革命的灵魂，同时把自己的怠惰和寂寞的灵魂也剧烈地喊醒，我们需要的是革命，不是‘乐园’。把‘乐园’留给未来的遥远的朋友们吧。我们应该唱着勇敢之歌走到战场上去。”

二十七岁的章衣萍当时是和鲁迅过从较多的朋友。鲁迅曾多次应邀到暨大演讲。第一次是应老友夏丏尊之邀。夏丏尊时任暨大国文系主任兼教大一国文。因为国文系刚建立，只有一个年级的学生，邀请是以“同级会”的名义发出的。《鲁迅日记》1927 年 11 月 6 日：“上午丏尊来邀至华兴楼所设暨南大学同级会演讲并午餐。”主要讲关于文学创作和读书方法等问题，可惜讲

《秋野》第三期刊影

稿不存。

隔了一个多月，章衣萍敦请鲁迅再次来到暨大。《鲁迅日记》12 月 21 日：“午后衣萍来邀至暨南大学演讲。”这次演讲题目是《文艺与政治的歧途》。

演讲的记录稿有两种版本：一是章铁民记录。《鲁迅日记》12 月 29 日：“下午寄还暨南大学陈翔冰讲稿。”“讲稿”，即鲁迅的演讲记录。秋野社将记录送请鲁迅修改审定，鲁迅审阅后寄还陈翔冰。记录稿的题目就是《文学与政治的歧途》，在1928年1月1日出版的第三期《秋野》上发表，署“鲁迅先生讲演，章铁民记录”。章铁民（1899～?），安徽绩溪人。时在暨大附中任教。一是刘率真记录。题目也是《文艺与政治的歧途》，刊载于1928年1月29日和30日上海《新闻报》的副刊《学海》（第一八二、一八三期），署“周鲁迅讲，刘率真记”。刘率真，即曹聚仁（1900～1972），浙江兰溪人，时任暨大教授。鲁迅《集外集》收入的是后者。

章的记录稿（以下简称《秋野》文）约三千字，曹的记录稿多了一千字左右。比较阅读两篇《文学与政治的歧途》，会更接近演讲的“原貌”。

《集外集》文较《秋野》文记录得比较详细。如，《秋野》文中“政治家对待文学家起初是捧，后来是杀；这是毫无理由的”一句，《集外集》文中是：

> 这时，也许有感觉灵敏的文学家，又感到现状的不满意，又要出来开口。从前文艺家的话，政治革命家原是赞同过；直到革命成功，政治家把从前所反对那些人用过的老法子重新采用起来，在文艺

家仍不免于不满意，又非被排轧出去不可，或是割掉他的头。

鲁迅稍后在《上海文艺之一瞥》中说到革命家要改变现状的革命，“不过是争夺一把旧椅子。去推的时候，好像这椅子很可恨，一夺到手，就又觉得是宝贝了，而同时也自觉了自己正和这‘旧的’一气。”革命成功了，革命家成了权力者。身份不同，态度也就不同。

记录详略差别不大，表述却有不同的。如，《秋野》文中：

文学家时时要理想革命，时时和现实冲突，所以革命之前和革命之后都不能舒服。真正的革命文学家永远不能出头，永无好日，这是命运。

这一段在《集外集》文中则是：

在革命的时候，文学家都在做一个梦，以为革命成功将有怎样怎样一个世界；革命以后，他看看现实全不是那么一回事，于是他又要吃苦了。照他们这样叫，啼，哭都不成功；向前不成功，向后也不成功，理想和现实不一致，这是注定的运命。

说得更为透辟。接下来，鲁迅说："苏俄革命以前，有两个文学家，叶遂宁和梭波里，他们都讴歌过革命，直到后来，他们还是碰死在自己所讴歌希望的现实碑上，那时，苏维埃是成立了。"叶遂宁，现通译叶赛宁。苏联政府过去一直宣称叶遂宁是自缢身亡。"2005 年 10 月 25 日的《参考消息》刊出了俄新社记者阿拉托科·科罗廖夫写的《叶赛宁：是自尽或是他杀?》一文，报道了刚刚拍摄完成的一部关于叶赛宁的电视剧，就推翻了他是自杀的传统说法，认为是克里姆林宫指使人暗杀了他。"（朱正：《重读〈文艺与政治的歧途〉》）

《秋野》文较《集外集》文详的不多，但也有例外。演讲稿的第二段，《集外集》文中在"文艺虽使社会分裂，但是社会这样才进步起来"后，是"文艺既然是政治家的眼中钉，那就不免被挤出去"。这一句，在《秋野》文中却是长达四行的文字：

文学家希望破裂，政治家希望不破裂，结果是文学家受排挤。当革命者不曾成功的时候，他们和文学家是合作的，他们要利用文学家做宣传革命的工具。一到革命成功，革命者变为政治家，他们只许别人服从，他们是一言一动不容他人有怀疑的余地。但文学家有自己的理想，不肯附和别人的意旨，就不能不受排挤。

演讲中有的看似与主旨无甚关联的“题外话”，《秋野》文中未见录存，而《集外集》文中保留下来。如，演讲开始一段。《秋野》文是：“我本来不常出来讲演的，现在因为这里同学说过好几次，所以今天跑来随便谈谈，却不能算是演讲。也没有什么冠冕堂皇的题目，——就谈谈文艺和革命的冲突吧。”《集外集》文却有具体的实例：“我是不大出来讲演的；今天到此地来，不过因为说过了好几次，来讲一回也算了却一件事。我所以不出来讲演，一则没有什么意见可讲，二则刚才这位先生说过，在座的很多读过我的书，我更不能讲什么。书上的人大概比实物好一点，《红楼梦》里面的人物，像贾宝玉林黛玉这些人物，都使我有异样的同情；后来，考究一些当时的事实，到北京后，看看梅兰芳姜妙香扮的贾宝玉林黛玉，觉得并不怎样高明。”从“书上的人大概比实物好一点”，说到《红楼梦》，再说到舞台上的贾宝玉林黛玉。话题所及，也反映了鲁迅对旧剧的看法。这些“闲话”，同时活跃了演讲的气氛。

《文艺与政治的歧途》是鲁迅的名作。鲁迅论述文艺家、革命家和政治家的微妙关系：当反对旧社会的黑暗势力时，左翼文艺家和革命家、政治家之间是可以合作的，因为有“不安于现状的同一”。但是当革命胜利，革命政治家掌握政权以后，这时候他就希望维持现状，文艺家如果不识相，还要继续不满于现状，政治家就不能容忍了，二者就会分道扬镳。政治家为什么要同文艺家过不去？鲁迅说：这是因为文艺家“感觉灵敏，早感到早说出来（有时，他说得太早，连社会也反对他，也排轧他）”。“政治家认定文学家是社会扰乱的煽动者，心想杀掉他，社会就可平安。”大胆说出别人不愿说不敢说的话，正是文艺家贾祸的因由。先生就文艺家与政治家关系议论之深刻精辟，几十年来无出其右。朱正称道这篇文章“具有穿越时空看透各种政治家的历史的眼光。”（《重读〈文艺与政治的歧途〉》）

曹聚仁因为他的记录稿与章衣萍曾有过纠结。他在回忆录《我与我的世界》中几次提到这件事，对章颇为不满。在《〈情书一束〉的故事》一节说：“我和章衣萍很少往来，只有一回，鲁迅先生到暨大来演讲，我曾作了记录；那份稿子，寄到《北新》半月刊去，他却把稿子压住了，没让鲁迅先生看到。后来，我的笔录稿在《新闻报》发表了，鲁迅先生才知道有这么一段经过，说了他一顿。（《集外集》所收的《文艺与政治的歧途》，便是我的稿子。）这是我和鲁迅相识之始。”在《鲁迅与我》一节，曹又说：“这篇讲稿，并不曾在上海版《语丝》半月刊刊出，给章衣萍挡住了，退还给我。后来刊在《新闻报·学海》上；那年，杨霁云兄编《集外集》，我把剪报交给他，鲁迅先生看见了，要去编入正文的（可看鲁迅写给杨兄的信。杨兄那时在持志学院听我的课）。”曹聚仁说的情况，见之于鲁迅1934年2月19日写给杨霁云的信，信中说：“曹先生记的那一篇也很好，不必作为附录了。”一个“也”字，说明鲁迅认可了章铁民的记录稿，而且时间在认可曹聚仁这份记录之前。曹说章衣萍压下了他的记录稿，虽然一说《北新》，一说《语丝》，前后不一，但这个可能是存在的。既然《秋野》上已经刊出了章铁民的记录稿，章衣萍作为《秋野》的主事者当然不希望再有另外的记录稿发表。

1929年12月4日，鲁迅在暨大又有一次讲演，讲题是《离骚与反离骚》，记录稿后刊登在《暨南学刊》。前一年的11月，《秋野》在出了第二卷第六期后已经停刊。

《戈壁》上叶灵凤的漫画

叶灵凤（1905～1975），原名叶韫璞。二十世纪二三十年代，他著文、翻译、画画、编刊，是一位很活跃的人物。

1925年，叶灵凤参加创造社，办过《洪水》。1926年，和一群被称为“创造社的小伙计”的年轻人编过《A. 11》。创造社出版部当时开设在上海闸北宝山路三德里A11号，他们用门牌号数起了这个古怪的刊名。同年10月，又和潘汉年办起了《幻洲》半月刊。每期分为两部分，叶灵凤编辑上部“象牙之塔”，下部“十字街头”由潘汉年编辑，风行一时。1928年1月《幻洲》被查禁。不久，潘汉年在泰东图书局办起了《战线》，叶灵凤在光华书局创刊了《戈壁》。

1928年5月1日，第一期《戈壁》出版。半月刊，小三十二开本，三十余页。创刊号没有发刊词，封二《欢迎投稿》标题下的一段文字，为办刊动机和要求的说明：

> 本刊之创设，在摆脱一切旧势力的压迫与缚束，以期能成一无顾忌地自由发表思想之刊物，因此十分欢迎同时代的青年朋友投稿，稿件性质，并无限制，一切创作，诗歌，杂文，图画，批评，介绍，翻译，讨论，均所欢迎，惟文字须精炼确实，勿冗长虚泛。

《戈壁》的诗歌有写青年人爱情破碎的痛苦，有写后人对革命牺牲者的悼念。小说有揭露士绅“仁义道德”假面下的卑劣肮脏（米星如《二难》），有控诉封建礼教对婚姻的扼杀（林凤《昨夜的梦》）。译文则有辛克莱、巴比塞、法朗士等小说的翻译。杂感专栏名曰“难省事”（Nonsense的译音），编者说：“专载光怪陆离，下流丑恶小资产阶级与革命阶级大家所不齿的杂文。”“尽管骂人，只要骂得有理。不妨玩笑，但要笑而有

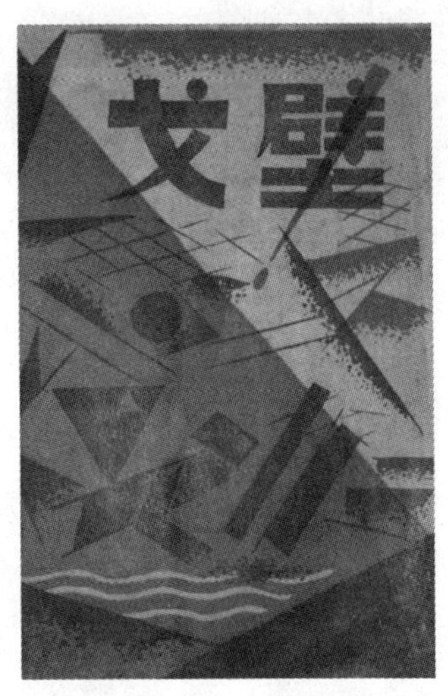

《戈壁》第一期刊影

趣。”如白门秋生的《杂志新语》，三言两语评海上杂志，其中对刚刚面世的《戈壁》的评语只十个字：“雏耳，为龙为猪，异日再定。”

《戈壁》刊载了不少文学之外有着浓厚政治色彩的文章。《马克斯的死与葬》题下是安格尔（恩格斯）纪念马克思的两篇文章：一是马克思的死。恩格斯 1883 年 3 月 15 日写给沙基的信，报告了马克思逝世的经过。二是葬礼的演说词。现在通译为《在马克思墓前的讲话》。《涅灵访问记》，是特罗斯基（托洛茨基）对列宁的回忆。列宁，这里译为“涅灵”。文章记述1902年10月的一个清早，他在伦敦见到列宁，及之后在列宁领导下的工作。《一个革命者的回忆》是俄国女革命家费娜·费格娜的回忆录。1881年3月1日，她在圣彼得堡大街上刺杀沙皇亚历山大二世，后被捕入狱。叶灵凤先译回忆录的第二部，记二十余年的囚禁生涯，从第一期起逐期连载。第三期有潘汉年的《信手写来》，名曰“信手”，说的却是当时第三党等敏感话题。

《戈壁》署“编辑者戈壁编辑部”，实际上如鲁迅所说是“叶灵凤独唱”：文章大都是叶灵凤或著或译，装帧插图更是他一手包办。上海美专“科班”出身的叶灵

未来的胜利

我们的文坛

凤，善于绘画，且乐此不疲。第一期《戈壁》首页上的《未来的胜利》，就是他的作品。镰刀和斧头，工厂的烟囱和巨型的钢架，一个几乎占满了整个画面的红色的“5”字，以突出的形象组合纪念劳动者的节日。创造社作家认为“文学是革命的前驱”，“大凡一个社会在停滞的时候”的文学都是“反革命的”。同一期《我们的文坛》就表现了创造社这种过分夸大文学地位和作用的理论。叶灵凤笔下的文坛上有“恶势力的压迫”，下有“劣根性”的羁绊，左右又有“世界的艺术”“幽默”“美爱”“灵肉”的干扰，只有“革命文学”正统，但火车轨道上的普罗列塔利亚，距离目标遥远，还有不止一万万哩（英里的旧称）。

《戈壁》创刊之前，1927 年底，后期创造社、太阳社的作家，自居为正统的无产阶级文学的主体，已向“五四”以来的文坛发动了全面批判。这些左翼激进派认为以鲁迅为代表的文坛卓有成就者，已经成为时代的落伍者和革命文学运动的绊脚石，从而开始了对鲁迅的围攻。中国现代文坛出现了一场围绕“革命文学”问题的论争。

1928 年 1 月 15 日出版的《文化批判》第一期上，冯乃超的《艺术与社会生活》点名攻击鲁迅，拉开战幕。他轻率地否定了“五四”以来的新文学，除了肯定郭沫若为唯一具有“反抗精神的作家”外，其他新文学作家都被他列入“非革命的倾向”。文中嘲讽鲁迅“常从幽暗的酒家的楼头，醉眼陶然地眺望窗外的人生。世人称许他的好处，只是圆熟的手法一点，然而，他不常追怀过去的昔日，追悼没落的封建情绪，结局他反映的只是社会变革期中的落伍者的悲哀，无聊赖地跟他弟弟说几句人道主义的美丽的说话”。

青年的叶灵凤是创造社的新锐，这时很得郭沫若、成仿吾等创造社元老的赏识。《戈壁》在“革命文学”论战中，自然不会置身局外。第二期黑木的《鲁迅骂人的策略》，骂“鲁迅之笔，以酸尖刻薄出名”，并总结了所谓鲁迅骂人的“孙子兵法”，称为“黔驴技”。这一期的《鲁迅先生》，更引发了叶灵凤和鲁迅长达数年的纠葛。这幅模仿西欧立体派的漫画独占一页，与之相对的一页《鲁迅先生》题下是说明文字：“阴阳脸的老人，挂着他已往的战绩，躲在酒缸的后面，挥着他‘艺术的武器’，在抵御着纷然而来的外侮。”如果说冯乃超的攻击是“文学的表现”，叶则是用直观的画面呈现，客观上是对冯文的呼应和声援。学者刘纪蕙指出：图中“抽象椭圆图形与大炮图像，穿插着如同箭头一般的锐角三角形以及具有攻击性的文字”，属于典型的未来派前卫作风，与意大利未来主义画家塞维里尼（Gino Severini）的作品《舞者＝海》（Danzatrice ＝ mare，习称《蛇舞》Danza serpentina）十分相近。塞维里尼“以几何而抽象的角锥形、圆弧形及锯齿形构图并且依照形状变化，而将字体的大小、粗细、排列作不同程度的扭转、变形。”（《前卫、颓废与国家形式化：中国现代化进程中进步刊物插图所呈现的视觉矛盾——以中期创造社为例》）这里，叶灵凤透过线条交错的画面要传达的是攻击与穿刺的力量。

鲁迅自然要对叶灵凤挑起的纷争回击。

两个多月之后，1928 年 8 月 10 日，鲁迅在《文坛的掌故》中嘲讽了某些“革命文学家”的“阴阳脸”：

> 向“革命的智识阶级”叫打倒旧东西，又拉旧东西来保护自己，要有革命者的名声，却不肯吃一点革命者往往难免的辛苦，于是不但笑啼俱伪，并且左右不同，连叶灵凤所抄袭来的“阴阳脸”，也还不足以淋漓尽致地为他们自己写照，我以为这是很可惜，也觉得颇寂寞的。

鲁迅先生

陰陽臉的老人，掛着他已往的戰績，躲在酒缸的後面，揮着他"藝術的武器"，在抵禦着紛然而來的外侮。

鲁迅先生

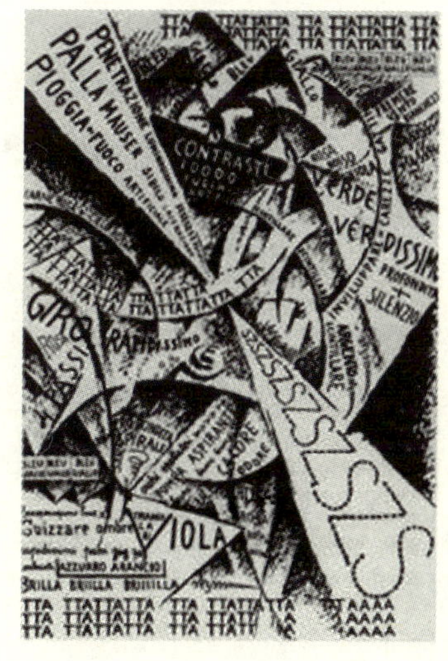

蛇舞 （意）塞维里尼

同日，又写《革命咖啡店》，针对有人在报端说上海咖啡店为“理想的乐园”，在那里遇见鲁迅、郁达夫，认识潘汉年、叶灵凤云云，鲁迅挖苦道：

> 这样的乐园，我是不敢上去的，革命文学家，要年青貌美，齿白唇红，如潘汉年叶灵凤辈，这才是天生的文豪，乐园的材料；如我者，在《战线》上就宣布过一条“满口黄牙”的罪状，到那里去高谈，岂不亵渎了“无产阶级文学”么？

鲁迅在文中表示：“叶灵凤革命艺术家曾经画过我的像，说是躲在酒坛的后面。这事的然否我不谈。现在所要声明的，只是这乐园中我没有去，也不想去，并非躲在咖啡杯后面在骗人。”

1929 年上半年，“革命文学”的论争已基本结束，但叶、鲁的笔战却没有停止。这年 11 月，叶灵凤又有了新的动作。本来，《鲁迅先生》的画与文已经过于轻佻，不料他在自己主编的《现代小说》第三卷第二期发表了《穷愁的自传》。小说中的人物魏日青晨起如厕：“照着老例，起身后我便将十二枚铜元从旧货担上买来的一册《呐喊》撕下三页到露台上去大便。”叶灵凤态度之不恭，语言之轻狂，鲁迅当会留下深刻的印象。

1931 年，鲁迅在《上海文艺之一瞥》中，论及有些“革命文学者”脚踏“革命”“文学”两只船，环境较好时，“分明是革命者”；革命一被压迫，“不过是文学家”之后，刺了一笔：“最彻底的革命文学家叶灵凤先生，他描写革命家，彻底到每次上茅厕时候都用我的《呐喊》去揩屁股，现在却竟会莫名其妙的跟在所谓民族主义文学家屁股后面去了。”1934 年 11 月，算来叶灵凤笔下那位用《呐喊》揩屁股的魏日青已经出现五年，鲁迅在《答〈戏〉周刊编者信》里还忘不了这个过节儿，又给予他锋芒尖利的讥刺：“我记得《戏》周刊上已曾发表过曾今可叶灵凤两位先生的文章；叶先生还画了一幅阿 Q 像，好像我那一本《呐喊》还没有在上茅厕时候用尽，倘不是多年便秘，那一定是又买了一本新的了。”

叶灵凤与鲁迅的这段公案，是叶挑起的，而且是“图文并谬”。“与鲁迅先生‘相骂’，一副‘初生牛犊不怕虎’的劲头，其实何尝是对手，倒被骂个‘流氓文人’，‘臭’名昭著。”（金宏达：《〈叶灵凤文集〉前言》）不过，鲁迅的回击中，也有对叶灵凤学习英国画家毕亚兹莱（也译琵亚词侣）和日本画家蕗谷虹儿的一而再再而三的辛辣嘲讽，封叶是“流氓画家”，说叶“生吞‘琵亚词侣’，活剥蕗谷虹儿”（《〈奔流〉编校后记（二）》）。今天看来，鲁迅有的批评未免过于严苛。叶灵凤初期的模仿有着“生吞活剥”的痕迹，但后期的画作已经形成了自己的风格。他为后世留下的书籍装帧和插图，让读者见识了一个画家的风采。

叶灵凤生于江苏南京，病逝于香港。辛勤劳作半个世纪，以爱国者、进步作家终其一生。

《戈壁》出了四期就停刊了，从 1928 年 5 月 1 日至 6 月 16 日，存世不足两月。

王任叔、张孟闻与《山雨》

《山雨》，1928 年 8 月 16 日在上海创刊。半月刊，三十二开本，六十八页。山雨出版社发行。

《山雨》的创办人主要是王任叔和张孟闻。版权页署“编辑者王任叔、李匀之”。李匀之可能是张孟闻的化名（方凡人：《巴人传》）。王任叔（1901～1972），原名王运镗，字任叔。有碧姗女士、赵冷等笔名。浙江奉化人。宁波第四师范毕业。早在二十年代即开始文学创作。张孟闻（1903～1993），笔名西屏。浙江宁波人。1926 年东南大学生物系毕业。1927 年流亡日本，后回国任宁波浙江省立四中教员。王任叔和张孟闻曾是宁波浙江省立第四师范的同学，又是极为相熟的朋友。1928

年，张在上虞春晖中学兼课，介绍王也在这年早春来到春晖中学任语文教员。他们当年都是文学研究会宁波分会雪花社的成员，这时就共同办起了《山雨》。

《山雨》的出版有一点周折可记。

1928年3月，张孟闻给鲁迅写了一封信。信中说："从前，我们几个人曾经发刊过一种半月刊，叫做《大风》，因为各人事情太忙，又苦于贫困，出了不多几期，随即停刊。现在，因为革命过了，许多朋友饭碗革掉了，然而却有机会可以做文章，而且有时还能聚在一起，所以又提起兴致来，重行发刊《大风》。"他和朋友找印刷局商量，经理看见《大风》两个字就吓慌了。于是，改称《山雨》，请夏丏尊先生题签。"我们自己都是肚里雪亮，晓得这年头儿不容易讲话，一个不好便会被人诬陷，丢了头颅的。所以写文章的时候，是非凡小心在意，谨慎恐惧，惟恐请到监狱里去。——实在的，我们之中已有好几个尝过那味儿了，我自己也便是其一"。文章"经过好几个人的自己'戒严'，觉得是万无疵累"，再送到印刷局。"上礼拜六的下午，我跑去校对，印书店的老板却将原稿奉还，我是赶着送终了，而《山雨》也者，便从此寿终正寝。整册稿子，毫无违碍字样，然而竟至于此者，年头儿大有关系。"老板说："这

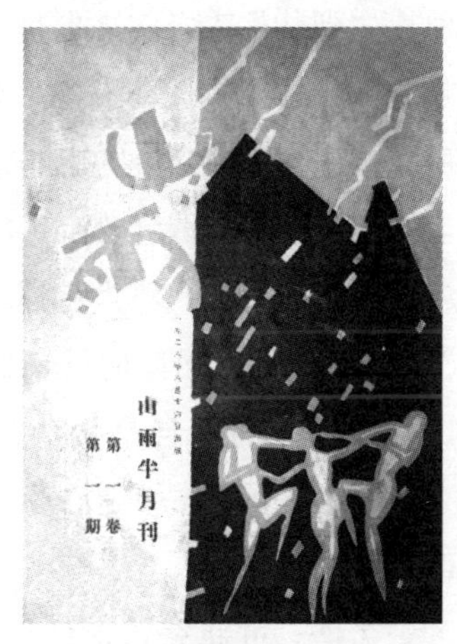

《山雨》第一期刊影

刊物，无论是怎样地文艺性的或什么性的，我们都不管，总之不敢再印了”。

张孟闻寄给鲁迅的还有他的文章《偶像与奴才》，署名“西屏”。他说：“《山雨》最‘违碍’的文章，据印书店老板说是《偶像与奴才》那一篇。这是我做的。”“这信里一并奉上，倘可采登，即请公布，俾国人知文章大不易写。倘使看去太不像文章，也请寄还，因为自己想保存起来，留个《山雨》死后——夭折——的纪念。”

张孟闻在《偶像与奴才》中依英国人裴根的说法，

将偶像分为“种族之偶像”“岩穴之偶像”“市场之偶像”“舞台之偶像”四类，仅取第三类“市场之偶像”，列举了“逐波随流之盲从者，众咻亦咻，众俞亦俞，凡于事初无辨析，惟道听途说，取为珍宝，奉名人之言以为万世经诰，放诸天下而皆准，不为审择者，皆信奉市场偶像之徒也”。作者说，无知识的弱者做信徒，尚可同情。但是知识阶级，有的而且是从事社会光明运动者，“昏昏沉沉的卷着一个偶像，虔心膜拜顶礼，则岂不可叹，岂不可哀呢”!

鲁迅回复了张孟闻，并将张孟闻的《偶像与奴才》和来信一并发表在1928年4月23日出版的《语丝》周刊第四卷第十七期。鲁迅在复信中说:“读了来稿之后，我有些地方是不同意的。”“但我极愿意将文稿和信刊出，一则，自然是替《山雨》留一个纪念，二则，也给近年的内地的情形留一个纪念，而给人家看看印刷所老板的哲学和那环境，也是很有‘趣味’的。”这组文字后收入《集外集拾遗补编》，标题是《通信（复张孟闻)》。

《山雨》在《发刊词》中说:“《山雨》终于出版了。《语丝》上的讣闻，竟作了今天诞生的先声了，这不能不说是一种奇迹。”说的就是这段故实。

《发刊词》后紧接着是一首诗：《山雨与生路》。《山雨》之前，王任叔参与《生路》的编辑。《生路》的主编胡行之，即《山雨与生路》的作者行之，也是王任叔的同乡和省立四师的校友。1928 年 1 月创刊的《生路》月刊，旨在“讨论社会政治，提倡实业及研究文艺”。半年时间，出了六期。编者说：失业的人尽管失业，政治社会依旧是混乱，“但生路总究找不出来”。《生路》停刊，《山雨》诞生，胡行之喜悦之情，发之为诗，当作《山雨》出世的祝词：“——‘山雨欲来风满楼’，／《山雨》是来了，‘风’在哪里呢？／《生路》走到生路底尽头；／《生路》走到绝壁了，／便变成了‘风’。”“《生路》是《山雨》的‘风’，／《山雨》是《生路》的生路”。

《山雨》与《生路》不同，《生路》带有提倡实业的性质，而《山雨》侧重于文艺。《发刊词》说：“因为我们各人底思想，行动，个性，未必相同，所以我们很难有一致的倾向。但我们于没有一致的倾向中有一个一致的态度；就是我们欢喜说些诚实的自己的话。所谓诚实，无论他对于自己思想的诚实，无论他对于自己情感的诚实，我们都觉得是可贵的。所谓自己，无论这个自己投入于集团下受支配着的，无论这个自己漫无管束不受一切世俗所监视的，我们也觉得可贵。我们就想在《山雨》里发表些这种态度的话。”

论者尤为注意的是文中关于“革命文学”和“小资产阶级文学”的文字：

> 我们《山雨》一面欢迎刊登些革命文学作品，一面也欢迎刊登小资产阶级性的文学作品。革命文学之产生与提倡，这是必然的；唯一的理由，因为这是一个革命的时代。一定斤斤然以为革命是革命，文学是文学，两者不能连在一起，这，是忘却了时代了。虽则这话有点文学跟着时代跑的嫌疑。但我们要知道在革命狂飙时代中，总有一个未来的社会的雏形孕育着，革命文学家能于其中看出意义来，于是所谓“艺术的武器”的话也可以成立了。至于小资产阶级，在这个年头儿，正向没落的道上走。有许多人看在眼里，明白在心里，却不能而且不肯自拔把小资产阶级性脱去；情愿在没落中过他一生，这，我们也觉得不足为怪的。但，同时，他们也一定感到万分的痛苦，或因失恋而高唱挽歌了，或因失业而咒诅社会了，或拂性违情拼命的去赞美肉欲了，在我们看来，这种落日的余辉，末日

的哀告，也是灿烂可爱的。我们如其想把我们中国的文学底文学史上弄出一个一脉的线束来，这一阶段我们以为必须经过的。所以无论它是在有意识地宣告小资产阶级的没落，或无意识地宣告小资产阶级的没落，我们都欢迎刊登。

表现了一种艺术上的宽容。

《山雨》创刊号的小说有任叔的《谁之罪》、孟闻的《伊已经走了》、胡也频的《一群朋友》等，主要撰稿人中还有川岛、钟敬文等。

《山雨》一共出了九期（第八、九期为合刊），1929年2月终止。

鲁迅与《山雨》的来往，在《山雨》创刊之后还有下文。张孟闻对鲁迅回信中的说法，并不认同。他在《山雨》第四期（1928年10月）发表了署名“西屏”的《联想三则》，其中说：“鲁迅先生在那篇讣闻后面，附有复信，其辞曰：‘读了来稿之后，我有些地方是不同意的。其一，便是我觉得自己也是颇喜欢输入洋文艺者之一……’这几句话简直在派我是反对，或者客气一些说来是颇不喜欢输入洋文艺者之一……推绎鲁迅先生之所以有这个误解者，大抵是我底去稿太坏之故，因为他是说‘读了来稿之后’也。文字的题目是《偶像与奴才》，文中也颇引些外国名人的话……我想这至少也可免去我是顽固而反对输入洋派的嫌疑吧——然而仍然不免。因此，我联想起一件故事来。记得孙伏园先生编辑《晨报副刊》时，曾经登载打孔家店的老将吴虞底艳体诗，没有加以明白的说明，引起读者的责问，于是孙老先生就有《浅薄的读者》一篇教训文字，于是而有幽默的提倡。此时回想当日，觉得鲁迅先生似乎也有做伏园先生教训的读者之资格。”鲁迅 1929 年 12 月写的《我和〈语丝〉的始终》中对张孟闻有所回应：“去年，非骂鲁迅便不足以自救其没落的时候，我曾蒙匿名氏寄给我两本中途的《山雨》，打开一看，其中有一篇短文，大意是说我和孙伏园君在北京因被晨报馆所压迫，创办《语丝》，现在自己一做编辑，便在投稿后面乱加按语，曲解原意，压迫别的作者了，孙伏园君却有绝好的议论，所以此后鲁迅应该听命于伏园。这听说是张孟闻先生的大文，虽然署名是另外两个字。”鲁迅说：“我从来没有受过晨报馆的压迫，也并不是和孙伏园先生两个人创办了《语丝》。这的创办，倒要归功于伏园一位的。”“‘不虞之誉’，也和‘不虞之毁’一样地无聊。”张孟闻看到后，又写了一篇语言尖刻的文章要发表。这时《山雨》已经停刊，王任叔劝阻他：“‘我们都尊敬鲁迅先生，他是我们左派文艺工作者的领袖。你刚好接到北京大学农学院副教授的聘书，将来在动物学方面去发展，不在文艺界显身手。’说服张孟闻收回这篇文章。”（马蹄疾：《鲁迅和他的同时代人》）

1929 年 1 月，王任叔赴日留学。他是卖了《破屋》《阿贵流浪记》《殉》《死线上》四部小说的版权，才筹措到费用的。次年回国，到上海参加“左联”。1935 年起，写作重点由小说转向杂文。上海孤岛时期，主编《鲁迅风》杂志，以杂文家巴人知名于世。1949 年后曾任驻印度尼西亚大使。1954 年任人民文学出版社副社长。1957 年因杂文《论人情》而被大加挞伐 。“文革”期间又雪上加霜，被遣送原籍，精神失常，因病逝世。1979 年，错案得以纠正。

1934 年，张孟闻去法国巴黎大学留学。获博士学位回国后，任教浙江大学。1943 年任复旦大学教授。他专长生物学、动物学、生物科学史，对脊椎动物中两栖类爬行类研究造诣尤深，是我国生物科学史的奠基人之一。1949 年后曾主编《科学》《科学画报》等刊物。1958 年被划为“右派”，调黑龙江大学。幸运的是他得享高寿，等来了二十多年后的平反，度过九十华诞。

许啸天与《红叶》周刊

许啸天是一个陌生的名字。翻阅1930年的《红叶》，从八十多年前他主办的杂志上，我们才能看到这位作家的身影。

许啸天（1886～1948），原名许家恩，字泽斋，号啸天。另有笔名则华、许则华、啸天生等。浙江上虞人。少年丧父，1903年去绍兴进徐锡麟、秋瑾主办的大通学堂，半工半读。曾投身革命，投稿于《苏报》《民呼》《天铎》等报。后到上海致力新剧（文明戏）活动，喜写剧本，参加过春柳社、春阳社，组织人本剧社和文艺动员剧社。“五四”运动后，他将黄梨洲、王阳明、朱舜水、王船山、顾亭林、颜习斋诸家文集，以及

《红楼梦》《西游记》《水浒》《儒林外史》等加以新式标点刊行，每种卷首均有许的序作考证。又白话注解《诗经》《战国策》和《史记》等，并办啸天学社。1931 年群学社出版《啸天读书记》，三十万言，是他二十年代所写的有关读书文章的汇编，内容涉及他过目的经史子集、小说杂著、日记尺牍以及他自己的作品等。另有《文哲史讲座》《中国文学史解题》等著作。这是文史家的许啸天。而艳情小说家的许啸天，1926 年以宫闱小说《清宫十三朝演义》成名。不仅有单行本刊出，且搬演红氍，播诸弦管，有较大的社会影响。在鸳鸯蝴蝶派文学的极盛时期，1914 年 10 月创刊的《眉语》，“以许啸天君夫人高剑华女士主笔政”。高剑华，杭州人。工米南宫书法，当时有女诗人之称。编辑由高剑华署名，许啸天则幕后襄助。不过，二十世纪三十年代的上海，许啸天在当时小市民中影响较大的是他主编的杂志《红叶》。

《红叶》为周刊，十六开本，每期八页。1930 年 6 月在上海创刊，1933 年 2 月停刊，历时将近三年。

《红叶》合订本上印有《红叶》的内容介绍：精悍的短论，动人的小说，诗歌，情话，故事，情人辞典；增进知识的常识辞典，演讲；社会科学札记，严正的时

《眉语》创刊号刊影

《红叶》刊影

事评论，饶有趣味的小品随笔，漫画，插图。每期《红叶》的封面都有一张“红叶”标记和“名媛淑女”的照片。标记和照片是另外印好，再手工贴到事先留出的相应位置上。照片期期不同，有大学生，有模特，也有郎静山拍摄的裸体女郎。内文不乏梦幻般香艳轻软的文字，如《迷》：“她整个身儿，美人。我全个身体，英雄。英雄，美人。美人，英雄。英雄美人两相见，情爱且缠绵。”如《夜》：“谁家多情子，月夜弄箫声。”情调悱恻，浸染着鸳鸯蝴蝶派的色彩。

但是，《红叶》并不是一味游戏消遣，而罔顾国事民瘼的。许啸天是秋瑾的学生，深为钦佩“政治人格上大无畏”的侠女。1928 年中华书局出版秋瑾的遗文《秋女侠遗集》时，秋瑾的女儿请许啸天作序。许在序文中赞扬了秋瑾“求人道光明”，“着力在社会改革”，革命工作“从个人从下层做起”，“不因循，不失信，不畏缩，不依赖”的精神。即如当年办《眉语》，编者也说：“锦心绣口，句香意雅，虽曰游戏文章，荒唐演述，然谲谏微讽，潜移默化于消闲之余，亦未始无感化之功也。”（《〈眉语〉宣言》）1931 年“九一八”事变发生之后，《红叶》在民族危亡关头，表现了对时局空前的关注，内容也有了前所未有的改变。

1931 年 9 月 26 日，即在事变的一周之后，第六十五期《红叶》即辟《战鼓》专栏，刊出了红倩的评论《火已烧到我们的脚跟了》。作者历数国府之不抵抗，公理之不存在：日军日趋紧迫，日兵抵北平，延吉各县均陷，吉林省垣失守，炮攻沈阳北大营……“噩耗传来，真使人血泪交并”之后，说：“但我们试看我国政府对日政策，不禁汗流浃背。你看！中央只对日政府提起抗议，责日本不顾非战公约，并要求立即撤退强占中国之土地。这种手段，我们是不需要了，这只是一种表面上的敷衍东西，实际上绝对没有功用。”作者指出：

学术界联盟通电全世界恳请用国际目光公平裁判，还说："世界上公理尚存，决不会任强权霸逞。"这又是什么话？公理，试问公理在哪里？今日世界上的中国，还配和人说公理吗？公理早远离了中国而去依附在强权之下了。

作者愤怒指斥"力主和平"的当权者：

你求人家其他帝国主义帮忙吗？呸！你在做梦！就即使那个帝国主义来打倒了这个帝国主义，但是你要晓得，你是依旧爬在帝国主义的袴子下的，更何况绝对没有这种事实会发生。

文末作者疾呼：

我先在这里把军号吹起，愿我有志男儿，随声响应，共赴国难。事急矣！火已烧到我们的脚跟，我们再不要虑疑！

从这一期开始，《红叶》运用诗歌、散文等形式，宣传抗日，并连续发表短评，对日寇及当局的“不抵抗主义”口诛笔伐。

第六十七期《反日声中一桩悲伤的事件》（阿魏），从上海宝山路因贴反日标语发生纷扰，警察开枪击毙二人、伤五人的事件，揭露当局在“镇静”“不抵抗主义”口号之下，不知断送了多少同胞的生命，而现在还执迷不悟。忧时伤世的悲怆之情，浮漾纸面。

第六十八期《满洲悬案都来归我》（白晖），文中列举多项“要把满洲送给东邻矮兄”的“理由”，讥刺辛辣。且看其中一项：“耶稣精神。咱们蒋主席是上帝信徒，所以从耶稣说起。耶稣说：‘人家要你的外衣，你连衬衫也脱给他。要你衣服的人自然会怕难为情原璧奉赵，否则，他下世总是不得上天堂。’日本人要打沈阳，我们将全个满洲送给他们，这正吻合上帝的信条。”

第七十八期《殴打拘捕》（李黎），就上海武装便衣队殴打拘捕大学生代表发表评论，指出武装便衣队“他们的一切都是统治阶级指使的”。日本的继续侵略，国联态度的半死不活，政府的无抵抗，学生运动必然高涨，政府就采取断然手段，运用暴力来镇压和摧残。作者秉笔直书：“我们并不替学生运动的前途，担怀；我们乃是替政府态度的下贱，羞忧。”

许啸天的短论，每期至少占一页篇幅，成为刊物时评的主力。《人家不睬我》（第六十七期）、《倘然还想活命的话》（第六十八期）、《我来做一个林妹妹》（第七十期）、《再也说不出话来》（第七十一期）、《请你听一听》（第七十二期）、《拿出良心来》（第七十四期）、《白脸儿》（第七十五期）、《见鬼》（第七十六期），爱憎褒贬，嬉笑怒骂，庄谐合一，皆成文章。他呐喊："奋力与日本帝国主义相斗"，"更要趁今日'一息尚存'的时候奋斗。"（《人家不睬我》）他质问："所谓政府当局、外交当局，置日本兵的强暴于不问，置国民的号哭于不闻"，全国三百万军人，全国五万多大小官吏，你们全在那里见鬼吗?"（《见鬼》）

《红叶》发动读者向义勇军捐款，迅速地掀起捐献的热潮；组织红叶会，开展抗日救亡活动。许啸天还发起组织良心救国团。《红叶》第七十期有他在第一次筹备会上的讲话："自从上月日本侵占东三省到现在，已是一个多月；只看见青年们的奔走呼号，散传单，贴标语，应有尽有。政府方面，不但没有光明的大路指示给我们走，反而不许我们自己走。"组织良心救国团，就是我们要自己来担当这个责任。他提出要有生存的本能，自卫的本能。人人要有一种生产技能，以图生存；

《红叶》（合订本）刊影

人人要受军事训练，以保身卫国。他提出应有两种责任："一，是现在的；二，是将来的，所谓现在，即全国民众，牺牲一切，负起责任来。所谓将来，即在奋斗之后，仍要继续着实力之准备。"（《国难与民众之责任》）为配合良心救国团的工作，许啸天出版了《良心救国周报》，宣称："良心救国报全凭良心说话，不畏强暴，上自国府委员，下至社会平民，如对国家确有坏良心的事体，尽可请大家尽量报告，我们当尽力宣布。”国民党上海特别市党部始终没有批准良心救国团成立，因而救国团无法展开活动。但是，许啸天的爱国言行和《红叶》周刊一起留驻史册。

抗战期间，许啸天为了避难，辗转内地，步行万里，足迹遍及江苏、浙江、安徽、江西、湖南、广西、陕西。胜利后返回上海，任诚明文学院教授。当时也在诚明文学院任教的郑逸梅回忆：“这时他已蓄须鬑鬑，两鬓斑白，可是拊掌谈笑，还是精神奕奕，绝无颓唐之气。”（《许啸天》）1948 年某日，徐啸天上街购物，不幸被汽车撞死，令人惋惜。

许啸天是胡适的老朋友。1928 年前后胡适在上海中国公学当校长，胡、许两家时有来往。胡适 1928 年 10 月 26 日在给许的信中还请教养猫的训育之法。《红叶》第七十六期有许啸天《胡适母亲的长头发》一文，言胡适在《新月》上刊登了《我的母亲的订婚》，内中有一段：“你看这姑娘的头发，一直拖到地。这是贵相！是贵相！”这姑娘就是胡适的母亲。许啸天对此不以为然，说：读了这段文字，“脑海中便不知不觉浮出‘迷信’和‘封建思想’的两重感应来。”进而写道：“你胡适先生这样一个受科学洗礼，又是鼓吹平民文学的人，似乎不应该写他母亲的长头发?”结尾则客气地表示：“我是瞎说，还请老友原谅!”

《论语》和魏猛克漫画鲁迅

1933年6月1日出版的第十八期《论语》杂志，有一幅漫画引起读者注意：画面上高尔基和鲁迅站在一起，一个高大，一个矮小。标题：《鲁迅与高尔基》。

漫画的作者魏猛克（1911～1984），原名魏干松，笔名另有猛克、克、孟克等，湖南长沙人。1930年考入上海美术专科学校。他一边画画，一边开始文学创作，写的短评、随笔发表在《曼陀罗》（一个他自办的小刊物）、《涛声》和《申报》的副刊《自由谈》上。

魏猛克是尊重鲁迅的，但尚未谋面却对鲁迅作了两件很不礼貌的事情。

先是一篇文章。1933年2月，英国作家萧伯纳来

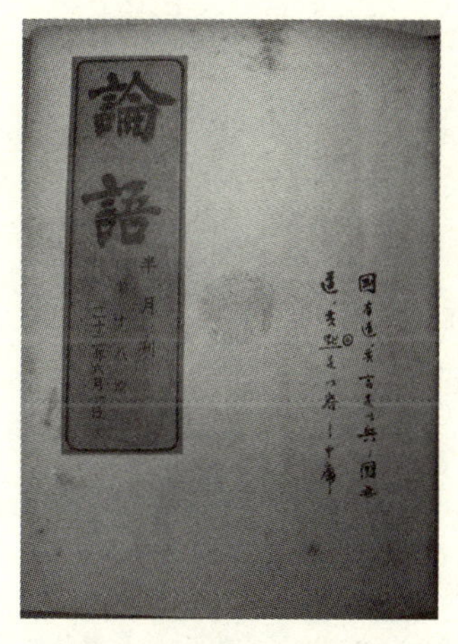

《论语》第十八期刊影

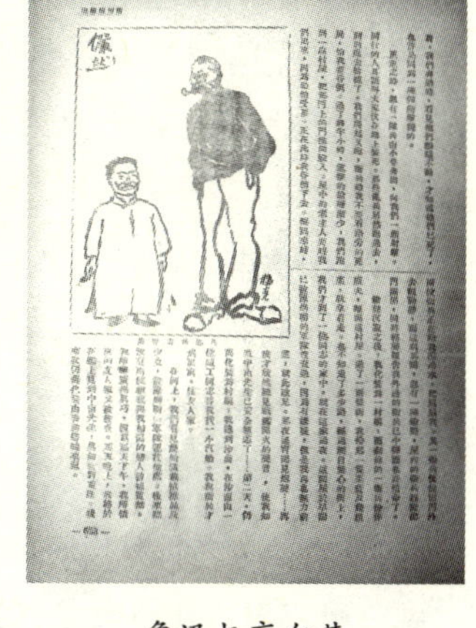

鲁迅与高尔基

到上海。16 日那天，许多人聚集在江岸码头迎接，但没有见到萧。欢迎的人群被警察驱赶，有的还被外国巡捕踢伤。原来萧伯纳在另外一个地方登陆。魏猛克觉得萧伯纳没有把群众放在眼里，很虚伪，大为不满。第二天，他又从《自由谈》上读到鲁迅以“何家干”的笔名发表的《萧伯纳颂》（收入《伪自由书》中改题《颂萧》），就写了篇短文，骂了萧，顺便也迁怒到鲁迅：“连鲁迅先生也从坟里面爬出来到《自由谈》上去颂萧。”晚年魏猛克回忆这件事时说：“这当然是一种不讲道理的说法。可见我当时既幼稚又狂妄。”（《回忆左联》）

再就是这幅漫画了。这本来是魏猛克为编一个刊物而准备的，法国文学翻译家李青崖看到后就拿走了。不久在《论语》上登了出来，李青崖在画面上加了“俨然”两个字。

两件事情之间的5月，魏猛克和美专同学举办美术展览会，他还特地写信给鲁迅，希望鲁迅写文章支持，年轻人对鲁迅的崇敬依然。《鲁迅日记》1933年5月13日有“得魏猛克等信，下午复”的记载。鲁迅在回信中说：自己不是学美术的，如果“再来开口”，就比从“坟”里爬出来还可笑。这句话自然是从魏猛克文中转化而来。他为此懊悔不安。如果说，文章是自己写出来的，“文责自负”，那么《论语》上的漫画被加上“俨然”之后，他感到与原意相悖，有点“委屈”。

6月3日，魏猛克给鲁迅写了信。他在信中对鲁迅表示感谢，并为自己文章的唐突道歉：“你肯回信，已经值得我们青年人感激，大凡中国的大文学家，对于一班无名小卒有什么询问或要求什么的信，是向来‘相应不理’的。你虽然不是美术家，但你对于美术的理论和今日世界美术之趋势，是知道得很清楚的，也不必谦让的。不过，你因见了我那篇谈萧伯纳的东西，就不‘再来开口’了，却使我十分抱歉。”他坦诚地说：“萧，在幼稚的我，总疑心他有些虚伪，至今，我也还是这样想。讽刺或所谓幽默，是对付敌人的武器吧？劳动者和无产青年的热情的欢迎，不应该诚恳地接受么？当我读了你代萧辩护的文章以后，我便凭了一时的冲动，写出那篇也许可认为侮辱的东西。后来，在《现代》上看见你的《看萧和看萧的人们》，才知道你之喜欢萧，也不过‘仅仅是在什么地方，见过一点警句’而已。”对于那幅漫画，魏猛克认为自己也有责任。“这张图原想放进《大众艺术》的，后来，被一位与《论语》有关系的人拿去发表，却无端加上‘俨然’两字，这与作者的原意是相反的，为了责任，只好在这儿来一个声明”。漫画的原意是什么？作者在信中说：“你是中国文坛的老前辈，能够一直跟着时代前进，使我们想起了俄国的高尔基。我们其所以敢冒昧的写信请你写文章指导我们，也就是曾想起高尔基极高兴给青年们通信，写文章，改文稿。”魏猛克说明对鲁、高同样尊敬，不是抑鲁扬高，这应该是可信的，但夸张的形象，总有点揶揄的味道。魏猛克晚年说：“高尔基个子很高也画得很高，鲁迅个子矮小也画得较矮，一高一矮站在一起，那个样式就显得是一种讽刺。”（《回忆左联》）

《鲁迅日记》1933 年 6 月 4 日：“得魏猛克信。”6

日：“下午复魏猛克信。”

鲁迅在信中说到“颂萧”：

> 你疑心萧有些虚伪，我没有异议。但我也没有在中外古今的名人中，发见能够确保决无虚伪的人，所以对于人我以为只能随时取其一段一节。这回我的为萧辩护，事情并不久远，还很明明白白的：起于他在香港大学的讲演。这学校是十足奴隶式教育的学校，然而向来没有人能去投一个爆弹，去投了的，只有他。但上海的报纸，有些却因此憎恶他了，所以我必须给以支持，因为在这时候，来攻击萧，就是帮助奴隶教育。

关于高尔基，鲁迅说：“许多青年，也像你一样，从世界上各种名人的身上寻出各种美点来，想我来照样学。但这是难的，一个人那里能做得到这么好。况且你很明白，我和他是不一样的，就是你所举的他那些美点，虽然根据于记载，我也有些怀疑。照一个人的精力、时间和事物比例起来，是做不了这许多的，所以我疑心他有书记以及几个助手。我只有自己一个人，写此信时，是夜一点半了。”至于那一张漫画，鲁迅幽默地表示：

> 一目了然，那两个字是另一位文学家的手笔，其实是和那图也相称的，我觉得倒也无损于原意。我的身子，我以为画得太胖，而又太高，我那里及得高尔基的一半。文艺家的比较是极容易的，作品就是铁证，没法游移。

鲁迅信中也直言不讳：“自然，我不是木石，倘有人给我一拳，我有时也会还他一脚的，但我的不‘再来开口’，却并非因为你的文章，我想撕掉别人给我贴起来的名不符实的‘百科全书’的假招贴。”“但仔细分析起来，恐怕关于你的大作的，也有一点。这请你不要误解，以为是为了‘地位’的关系，即使是猫狗之类，你倘给以打击之后，它也会避开一点的，我也常对于青年，避到僻静区处去。”信末鲁迅希望：“我祝你们的刊物从速出来，我极愿意先看看战斗的青年的战斗。”

魏猛克的信和鲁迅的复信以《两封通信》为题，刊载在《论语》第十九期，是鲁迅交付发表的。

魏猛克很感谢鲁迅的宽容。不久，他加入“左联”，与鲁迅有了更多的交往。从 1933 年 5 月 13 日到 1936

年 8 月 14 日，《鲁迅日记》关于魏猛克的记载就有四十八次。他得到鲁迅的帮助和指导。1934 年，鲁迅推荐魏猛克为斯诺翻译的短篇小说集《活的中国》中《阿 Q 正传》作插图，对魏的毛笔而带中国画风的绘画作品给予肯定，表现了对这位年轻人成长的关切。

1935 年春天，魏猛克东渡日本，成为中国左翼作家联盟东京支盟的骨干。这年 5 月，《杂文》月刊创刊。“第一、二期的编者是杜宣，之后改由勃生（即邢桐华）编辑，直到《质文》后期，实际编务是由魏猛克、陈辛仁、任白戈等人负责的，猛克和黄鼎负责插图工作。商议编辑工作的地点，在池袋的三闲庄楼上”。（林林：《八八流金》）

《杂文》是为杂文呐喊助威的刊物。“在今日的中国文坛上，淋菌并未完全肃清，苍蝇也仍旧嗡嗡地吵闹着，还是需要杂文的时候”。（《杂文月刊缘起》）魏猛克向鲁迅约稿组稿，得到鲁迅的大力支持。《杂文》第二期（7 月 15 日出版）就登出鲁迅的《孔夫子与现代中国》，这是鲁迅用日文写就发表在日本《改造》上的文章。编辑部请人译成中文。鲁迅看后回信说：“译文是没有什么错的，不过有些地方语气弱了一点”，“这些地方也实在很难译，我自己译也译不好了。”（魏猛克：

《回忆左联》）接着鲁迅寄来了杂文《什么是“讽刺”？——答文学社问》和《从帮忙到扯淡》，9月20日出版的《杂文》第三期就刊出了。这期《杂文》还登出了郭沫若的《孟夫子出妻》《关于诗的问题》，茅盾的《对于接受文学遗产的意见》。一本三十二开本的小刊物，同一期刊载现代文学史三位大家的作品，可以说是绝对空前的。

魏猛克在编辑的同时，还不断有杂文和画作在《杂文》发表。仅第三期的《杂文》就有三幅漫画。其中一幅是《鲁迅画相》：鲁迅握着一支大笔，如同用一把扫

鲁迅画相

帚在清除文化垃圾。散落在地的书刊上，写着“小资产阶级文学”“第三种人”“人间世”“文饭小品”“苦茶”以及“袁中郎”等字样。三十年代的左翼要求文学跟上时代的脚步，认为无产阶级艺术才是进步艺术的唯一代表，《杂文》自觉地承担了“清道夫”的工作，漫画也反映了这种“扫荡一切”的思潮。

《杂文》出了第三期被当局查禁，“左联”东京支盟决定改名《质文》出版。《质文》第一期就是《杂文》的第四期。1936 年 11 月，《质文》出版第二期后被迫停刊。这一期是追悼鲁迅的专辑，魏猛克的漫画《鲁迅死后》印在封面下方。静卧在花丛中的是鲁迅的遗体，两只老鼠爬到了他的头边。鲁迅在世时，狐鼠之辈不敢露面；鲁迅一死，它们又要出来捣乱了。魏猛克听到鲁迅逝世的噩耗后，曾写过一篇《写在烦躁里》，抒发满腔的愤懑和哀伤：“在他生时，有许多人因为怕他的刀枪，是甚至连屁都不敢放的。而今他死了，则即使在他的尸体上撒一泡尿，也一定得不到反抗。我们想得到，从今之后，中国文坛上更要出现一批‘无敌英雄’，勇武地向鲁迅的坟墓进攻了。”1937 年 1 月 1 日，比《质文》出版稍晚的《热风》第一期上，有方之中的《从鲁迅先

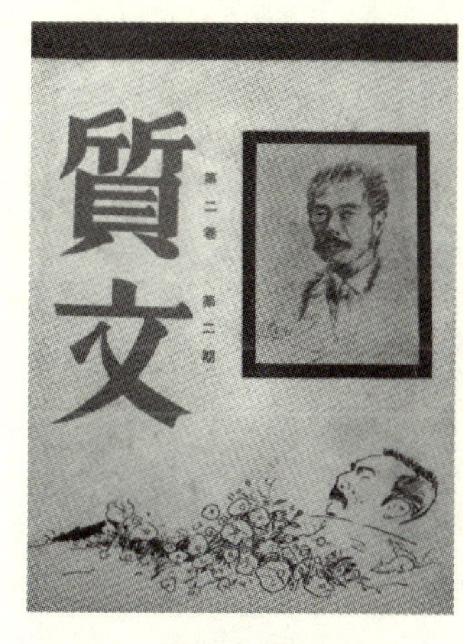

鲁迅死后

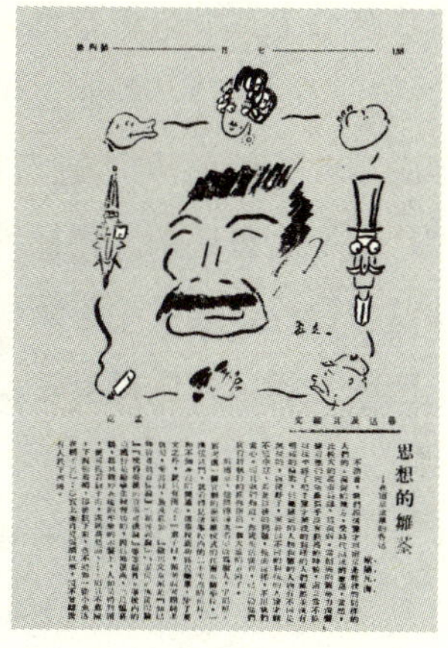

鲁迅及其杂文

生死后说起》。文中说：因了鲁迅的死，有几种人大占便宜，一种是潜称论敌的好汉，另一种是变明争为暗咒的术士。“现在鲁迅先生果然如愿以偿的死去了，瞧着不久这班使客，定会成群结队、大摇大摆地走上文坛来”。作者特意告诉读者：“《质文》封面上一幅漫画，恰好是这一班人的写生。”

1937 年 3 月，魏猛克被日本警视厅以“危害”罪在东京逮捕，押往横滨，送上一轮货轮“遣返”上海。

抗日战争时期，魏猛克辗转南北，教书编刊。偶尔重执画笔，忘不了导师鲁迅。1939 年，鲁迅逝世三周年，胡风主编的《七月》第四集第三期（总第二十一期）组织了一个纪念专辑，内有魏猛克毛笔写意的漫画《鲁迅及其杂文》。画面正中是鲁迅的头像，四周曲线连接的是象征性的人物造型，帝国主义分子、封建余孽等，无不是鲁迅杂文鞭挞的对象。鲁迅杂文对旧世界的冲荡和针砭，杂文中显示的见识、胆略、文采，是无与伦比的。胡风在同期有短文《断章》，语意深长：

> “石在，火种是不会灭的”，火种在，就会放光吐焰。在今天的光荣的民族战争里面，那些坚实的战斗者们，直接间接受过先生底精神的哺养的，当不能用限定的千数万数去计算，而能忠诚地服务战争的文艺工作，那主脉不是和先生底生命息息相通么？所以，真实的纪念方法之一，是流布先生自己底著作，因为那是能够生火种的石，是能够放光吐焰的火种。

1949年新中国诞生，魏猛克终于迎来了为之苦斗半生的新的生活。他受命接管杭州艺专，继而任教湖南大学。孰料，1957年就陷入了“右派”网罗。漫画成了“反党反社会主义”的“罪证”，一幅是他讽刺只会照本宣科的本本主义，另一幅就是当年《质文》终刊号封面的《鲁迅死后》。

《十日谈》的《文坛画虎录》

《十日谈》是邵洵美（1906～1968）创办的刊物之一。二十世纪二十年代至四十年代，邵洵美先后编辑和创办了《狮吼》《金屋月刊》《新月》《诗刊》《论语》等文学杂志，《十日谈》《人言周刊》《自由谭》等综合性刊物，以及《时代画报》《声色画报》等，并开办时代书局、时代印刷厂。在中国现代出版史上，邵洵美称得起一个大家。

邵洵美为什么要办《十日谈》？一说邵多年来雄心勃勃地经营出版事业，耽溺着迷于出版事业。有次，他读到了一篇记载英国新闻大王北岩爵士的成功是从发行一种八开本周刊《Answers Weekly》（《回答》）开始的

《十日谈》创刊号刊影

文章，于是决意模仿，出版一本八开本的刊物。（林淇：《海上才子邵洵美传》）一说邵当时办的《时代画报》是份月刊，又常脱期，时有老朋友的久违之感，因此再办个旬刊。（邵绡红：《我的爸爸邵洵美》）而邵的朋友章克标对“为什么要办”的说法却是：“这道理我想不出来，估计是那些漫画家先生们出的主意。”（《世纪挥手》）

1933年8月10日，《十日谈》出版，如同《论语》借用书名做刊名，《十日谈》这个刊名是借用了同名的外国名著。十日一期，每月逢十出版，刊名倒是符合实际。第一期起编辑者署“十日谈编辑部”，至第十五期改署“十日谈旬刊社”，到第二十四期止。第二十五期开始改为“编辑人杨天南”。发行者一项，第二十四期以前先后是中国美术刊行社、时代图书股份有限公司、第一出版社，第二十五期改为发行人，先是谢文德，后是郭明。编辑除章克标、杨天南之外，邵洵美也参与校对、编排、拼版、补白等工作。

《十日谈》创刊，有发刊词《我们的广告》，宣称：“《十日谈》为最有趣味之读物，没有伪君子的矜持，没有高等华人的作态，但并不流于低级趣味，也不堕入流氓阶级，不过激也不赤化，所以无危险，不趋奉也不结交权贵，所以不卑俗，真纯的坦白的，而且是很充满青春之朝气的，是人人的好朋友。”内容有时评新闻、科学艺术专论、小说散文、娱乐游艺等，几乎无所不包。专栏《文坛画虎录》为章克标主持。

章克标（1900～2007），浙江海宁人。1919年去日本进东京高等师范学校，后入京都帝国大学。留学期间就开始了文学创作。回国后在上海立达学园、国立暨南大学等校任教。1926 年，在上海参与编辑《一般》杂志。1928 年，入开明书店主编数学教科书。1929 年，与邵洵美创办时代图书公司，编辑《十日谈》。

开辟《文坛画虎录》专栏之前，1933 年 6 月章克标有《文坛登龙术》在上海绿杨堂自费出版。广告曰：《文坛登龙术》“确能抉摘文坛秘事之精英，道出扬名之秘诀，成功之捷径”，“振撼天下，轰动一时”。这自然是夸张的宣传。不过，《文坛登龙术》对文坛林林总总的恶行和伪善确也做了一定的揭露和讽刺，章克标因而声名远播。

章克标《〈文坛画虎录〉小引》（以下简称《小

文壇畫虎錄

《文坛画虎录》小引

1935 年的章克标

引》)，称：“我做完了《文坛登龙术》之后，早就开始搜集材料，编一本《文坛绣虎录》，以记载当代文人的嘉言懿行，垂之千古，资为万世之楷模。可是此种材料，倍极珍贵，殊不易得，营营经年，所获无几，很觉失望。”他说，想到个人能力有限，视界既小，孤陋寡闻，因之向大众讨救兵，在杂志上设立专栏，向海内征稿，由编者一人负责。题名上改去“绣”字，是因为“自己生为男子汉，虽不堂堂，绣花针却不会拿，拿了也不会绣，工致的绣描，在这高速度回转的现代世间，其实也不时髦”。“用画，虽有画虎不成之成语，大约画得好一点，就不妨事了”。

《小引》写道：

> 文坛上人，有好人，有坏人，有怪人也有常人，有小人也有老人，有大将也有走卒，有各种各样的诸式人等，可以不言而喻，那么描画起来，自然会光怪陆离，因为事实既如此歧异，记述也不免错杂了。文坛亦即社会，并不在社会以外，是很明白的，社会情形的如何复杂奇怪，文坛上决不会缺少，而且真实比虚构更奇，那么只要是真实的，即使似乎奇怪，也得发表出来，即使很平凡的，若不

是事实，也只好放弃的。因之我们的画是实物写真的画，不是想象意想的画，而且可贵也在这一点，我们不能自欺欺人，至少本人相信是真实，才予以发表之机会。

《文坛画虎录》从第六期出场到第十八期，每期都标明“章克标编”。第十九期已不再有这四个字了，但终刊号末页，有《文坛画虎录编者谨启》：“兹因十日谈突然停刊，此间所积存之来稿甚多，现在乃无出路，殊与青年失业失学有相同之感触，因拟商请将该录出一单行本，除将未发表之存稿择优采入外，亦拟将已发表刊入，以求完美。故拟请投稿人暂勿来函催请退稿，而须再将该种稿件多多惠下，以使该录可以内容充实，编者所企盼也。”文中还对出版时间、赠书代稿酬等作了说明，落款是“原文坛画虎录编者章克标启”。

这个专栏共出了三十五期，随《十日谈》的停刊而结束。原八开本时，每期占两页；后杂志改十六开本，一般占五至八页，最多的一期竟占了十五页。已刊出《文坛画虎录》文章总字数达二十七万字之多。“画虎录”先后“录”下文坛的大大小小新新旧旧老老少少男男女女，不下一百七十余人：阿静的《左翼作家之群》，介绍了龚冰庐、孟超、沈端先、冯乃超、祝秀侠、郑伯奇、殷夫、潘汉年、鲁史、沈叶沉、陶晶孙、宛尔、杨邨人等十三人，并为每人画了一幅漫画头像；小岚的《北平文人》，速写了蹇先艾、金克木、台静农、熊佛西等多位在北平作家；《两双兄弟》，记孙伏园和孙福熙、陈大慈和陈大悲；《记三兄弟》，记黎锦熙、黎锦晖、黎锦明黎氏昆仲。南国九作家的侣伦、黄韶年，厦门的梦韶（陈敦仁）、健尼（高云览），杭州、福州、长沙、梧州的文艺社团，1933 年的文坛新人，都是扫描的对象。活跃在当时文坛的作家、翻译家、学者，如林语堂、曹聚仁、郑振铎、张资平、郁达夫、沈从文、谢冰莹、谢六逸、宋春舫、李青崖、伍蠡甫、予且、戈公振、钱穆、卢冀野、张竞生、华林……尽收笔底。鲁迅、周作人也有介绍，只是篇数不多。编者言："我们的画是实物写真的画。"但证之于刊出文字则距离甚远。记述不重史实，而偏于印象，着墨于轶闻趣事，情爱新闻。不过，后来因为种种原因而被新文学史无意或有意遗忘的作家，有的今日从《文坛画虎录》中尚可找到一点线索。如第四十五期写北平文人，有周伯上（周丰一）。伯上，周作人的儿子。"最初在大公报梁实秋主编的文学副刊，载了他一点文章，以后便稀见了，及华北日报的文艺副刊创刊，又不断的能看到伯上先生的文章。按文章说虽不太坏，却也一点没出色的地方。”评价虽不高，但对这位年轻人仍寄予期望：“环境与年龄都充分的在显示着广大的前程。”这是为数不多的关于周丰一的文学创作的一份资料。

章克标在《小引》中说：这个栏目所以要有一个人来编，“因为来稿文句，必很综错，或须酌谋划一，必有一人负责看读”。再者，“这栏很容易给人借为攻讦之地，或故意揭发隐私，或无端捏造故实，十日谈编者不愿以贵重之篇幅供人作泄怒报怨之具，故希望仔细审慎，而本人对于此点，素有同感，因之毅然负担，决秉大公，以定取舍，抱定只记事实，务去虚夸之旨”。话是这样说，但时常有被画之“虎”因画者的失实而找上门来。

第二十六期有象恭的《陈衡哲与胡适》，文中说：陈衡哲与胡适同在美国留学，胡年少英俊，陈要求彼此结为永久伴侣。但胡适的婚姻是母亲一手包办，胡出国时答应回国之后结婚。胡为守这一诺之约而毅然拒绝了陈。“但是他觉得这是太辜负敬爱者的盛情厚意，所以把陈女士‘负责’介绍给‘他的朋友’任叔永了。”

第三十九期就有《胡适之来函抗议》。胡适 1934 年

8 月 13 日写给编者的长信中说："昨天任叔永先生和他的夫人陈衡哲女士拿了《十日谈》第二十六期来，——这一期是我没有看过的，——他们指出其中的《文坛画虎录》中《陈衡哲与胡适》一条来给我看。他们对于这一条当然很生气，认为有恶意的造谣诽谤。我看了这一条，也感觉贵社殊不应登载这种全无根据的攻讦文字。"

胡适指出象恭虚夸不实的诬词：一、文中说陈留学美国时，与胡适"相见的机会甚多"。事实上，胡与陈留学并不同地。1917 年任叔永邀胡同到陈的学校，见到一次。不久，胡就回国。直到三年后，陈和任君回国时，胡在南京才第二次见到陈。二、胡认识陈完全是由任君介绍的。陈与任君做朋友，起于 1916 年的夏间。胡最初知道陈的文字，都是间接从任君方面看见的。三、文中最荒谬的，是说陈要求与胡"结为永久伴侣"，胡拒绝了，然后把她介绍给任君。这是对于一位女士最无理的诬蔑与侮辱。胡适说：

> 事实上是，在留学时代，我与陈女士虽然只见过一面，但通信是很多的。我对她当然有一种很深的和纯洁的敬爱，使我十分重视我们的友谊。但我们从来没有谈到婚姻的问题。这是因为，第一，我

们那时都在青年的理想时代，谁都不把结婚看作一件重要的事；第二，当时一班朋友都知道陈女士是主张不婚主义的，所以没有一个人敢去碰钉子。她与任君相识最久，相知最深，但他们也没有婚姻之约。直到任君于1919年第二次到美国，陈女士感他三万里求婚的诚意，方才抛弃了她的不婚主义，和他订婚。

信末胡适指出象恭显然是存心攻讦，编辑先生刊登此文当然应负责任，因此严正要求“将我这封信不删一字的刊登”，并“向原文中被攻讦诬枉的各人负责道歉”。信后加的《编者案》，当为章克标所写。尽管他百般开脱：“当时并未觉得其中含有攻讦诽谤之意，以为不过倾佩胡先生的千金一诺而已。”但不能不承认：“文中措辞，的确有失于轻薄之处，那是编者失检。”再三辩解，终归还是只有认错一途：“我们仍愿虚心坦怀向被误解任先生和夫人和胡先生告罪。伏维原宥，专唱肥诺！”

1934年12月《十日谈》停刊，原因不详。章克标的回忆是：“《十日谈》的发行数在当时是中等水平，出版上大约不致亏本，但也不会有多大好处。它开支不大，第一，我没有拿编辑费；第二，所支稿费水平也不高，更没有特别雇佣的员工。发行数每期维持八千份的水平，没有能开展，也想不出打开局面的方法。后来我离开了上海，此刊可能没有人继续来办理了，只好停刊了事。”（《忆〈十日谈〉旬刊》）

《水星》和张天的小说

1934年10月10日，《水星》在北平出版。

《水星》之前，这年1月《文学季刊》已经创刊。郑振铎、巴金、靳以主办，主持编务的是靳以。十六开本，每期三百五十余页，开中国出版大型文学杂志的先河。经售商见季刊销路好，商请再办一个月刊，专登创作，这就是《水星》。大三十二开本，为《文学季刊》的附属刊物，犹如一个"纯文学副刊"。版权页上列出的主编人为卞之琳、巴金、沈从文、李健吾、靳以、郑振铎，发行人阎镇中。实际编辑工作由卞之琳负责。靳以（1909～1959），原名章方叙，天津人。复旦大学毕业后从事写作和编辑。卞之琳（1910～2000），江苏海

《水星》创刊号刊影

门人。1933 年毕业于北京大学外语系，参加编辑《文学季刊》。

两个杂志（卞之琳比喻为“正餐与茶点”），有一个基本相同的撰稿队伍，稿件有的分给《文学季刊》，有的分给《水星》，互相调剂。编辑部设在北海前门与景山之间的三座门大街十四号。这是前一年靳以为筹办

《文学季刊》租下的一个小院，南、北屋各三间，另附门房、厨房、厕所。这里除了靳以和卞之琳，还雇了两个人：一个看家兼传达、收发和做饭，一个白天来上几个小时班的校对。巴金从上海到北平时就常住在北屋西头一间。清华大学、燕京大学和北京大学的青年文友来小院聚首，曹禺、李广田、何其芳、辛笛都是这里的常客。

刊名《水星》从何而来？五十年后卞之琳回忆往事，说偶然得之的经过：

> 我们不准备拟发刊词之类，刊物名字却总得想一个。一个夏晚，我们不限于名为编委的几个人，到北海五龙亭喝茶，记得亭上人满，只得也乐得在亭东占一张僻远而临湖的小桌子。看来像大有闲情逸兴，其实我们忧国忧时，只是无从谈起，眼前只是写作心热，工作心切。一壶两壶清茶之间，我们提出了一些刊物名字。因为不是月夜，对岸白塔不显，白石长桥栏杆间只偶现车灯的星火，面前星水微茫，不记得是谁提出了“水星”这个名字，虽然当时也不是见到这颗旧称“辰星”的时候。当时文学刊物名称也不像今日这样流行了各种各样带有诗

意的名称，而一般性文学刊物名称也用尽了。大家认为这个《水星》刊名倒也别致。

接下来，还有一段话：

过去十分重要的文学杂志《法兰西信使》，当时还有重要地位的英国《伦敦信使》以及不那么响亮的《美国信使》，都被国内报刊误译为什么什么“水星”，早就传开了，沿用了，我们也知道。“水星”就“水星”吧，以星取名，也知道这颗行星离太阳最近，星上也不可能有水，《水星》上不加“中国”或“北平”，也表明与这些西方刊物有别。我们还是怕误会，想来想去，又想不出别的，就用出了。还是怕招人讪笑，我在第二期《编辑室》语上写了一段取名的说明，后来在第一卷六期合订本里封面中间就摘取了这段说明的最后这句话：这个小刊物用了《水星》的名字，正如八大行星中这个小行星用了神使迈尔克留斯的名字，也正如人名字叫阿猫阿狗——记号而已。（《星水微茫忆〈水星〉》）

创刊号一一二页，有短篇小说六篇，诗五篇，杂文（本期所载为题记及序）四篇，没有译文。编者说：“论文与翻译我们也知道是重要的，不过我们想暂时把理论与介绍的工作让旁的刊物去办。”意在突出刊物的个性。《水星》以创作为主这一点，在《第一卷合订本发售预约》里简明概括为十六个字的“特色”：“专登创作，内容纯粹，不杂广告，版式干净。”第二期的《编辑室》中，卞之琳还说：

> （《水星》）开场无白，编后无记，封面无画，正文前无插图，正文中无广告，这个刊物初次露面就不像一本杂志吧，可是我们倒想能这样老老实实的办就这样办下去。

《水星》出版的当月24日，沈从文（署名“柏子”）就在《大公报》《文艺》副刊的《新刊介绍》中推荐，称“此刊物在国内可谓一极理想刊物”，“内容结实”“装订朴雅”。这年年底，茅盾在上海以“惕若”的笔名发表了《〈水星〉及其他》（《文学》第三卷第六号），也给予了高度评价：“倘使创刊号的形式将是《水星》永远的形式，那么，我们可说这个纯文艺月刊的编辑体例在目前是很新颖的；它打破了月刊之类一定要放几篇论文进去的常规。而‘杂文’栏内（《水星》并未标举栏名，这是我姑且代加，以便称谓的)，像创刊号那样全收序跋题记，也觉得别致有趣。”茅盾说：“《水星》创刊号给我们的总印象是朴质严肃；是一些在文艺园地里潜心工作的朋友们说他们要说的话，不卖‘野人头’。在这‘杂志年’，新刊的文艺定期刊固然很有一些是想使这沉闷的文坛起点波动，然而‘为办杂志而办杂志’，甚至想以‘低级趣味’来吸引徘徊半路的读者，近来却日见其多，因而像《水星》那样老老实实不卖‘野人头’，正正经经在这干枯的文艺的小河里尽它‘加一瓢水’的工作的，实在弥足可贵。”

1935年3月，卞之琳编完《水星》第一卷第六期，因为要如期完成中华文化基金会交付的译书“任务”(这是他主要的生活来源)，去了日本。第二卷就交给靳以编辑了。6月，日寇进逼，形势日非，故都北平已成边城。卞之琳回忆说：“他（靳以）兼顾一大一小、一季一月的两个刊物，不论他怎样能干，本也对付得了日益加重的刊物所受的政治压力，终感独木难支，准备把三座门编辑部收摊，南迁上海。”（《话旧成独白：追念师陀》)《水星》出版了第二卷第三期后终刊。总共出了

靳以（左）与卞之琳摄于北京北海三座门（约 1935 年）

九期。

《水星》的进步倾向和艺术追求，使它列入中国现代文学史上一流刊物之林。卞之琳在《星水渺茫忆〈水星〉》中说到当年的编辑工作："不挂鲜明的政治旗帜，不用剑拔弩张的语言，不放火药味空气，而当时国民党文艺统治势力愚昧无知，所以承受压力不大。""刊物既不迎合庸俗趣味，也不附庸风雅（二者实际是相通的），容易得到严肃作家的支持。刊物虽是同人刊物，却不是宗派刊物，是开放的，没有排他性，不褊狭，又自有特色，并不趋时看风。""我们不枉费心机，不顾实际或锦上添花而人工树立谁的威望或人工控制谁的名声"，"我们也不是无所用心，只是心思主要用在权衡稿子的性质、质量，合用与否。不用则退，难免主观，也就不说理由。决定刊用，则并不自以为是，除非改正明显的错字、漏字，不乱改来稿。"句句灼见真知。

《水星》的作家群体与《文学季刊》一样，不分南北，但偏重于北平的学院文人。巴金、靳以、沈从文、李健吾、郑振铎、卞之琳、李广田、何其芳、蹇先艾、南星、萧乾、芦焚、臧克家、何家槐、盛成、吴伯箫、丽尼、张天翼、周作人、废名、罗睺（罗念生）、艾芜、茅盾、毕奂午、荒煤、老舍、朱自清、方敬、东平、杨吉甫、孙毓棠、辛笛、梁宗岱、冰心、曹葆华等，人才济济，群星灿烂。这还不包括后来离开文学而进入科学的，如鹤西；或因资料所限而今不知所终的，如张天。

《水星》第一卷第二期发表了张天的短篇小说《七八九》。“南阳府，好风水！在前清出过诸葛亮。不不，在古时候。现在，十八里岗又出了一个朝廷——去卧龙岗不远的那个十八里岗。”小说开头交待出故事发生的地点。“朝廷”里的“皇帝”，原来是十七八岁的野孩子头铁蛋。他的全部人马是“师长”（一个常在粮行偷米的麻脸孩子）和“师长”手下的一个“团长”、五个“营长”、十二个“排长”，都是当官的。反叛“皇帝”的是小八和小九弟兄，两个卖香烟的野头野脑的孩子。家里还有十四岁的哥哥小七，小七的十六七岁的童养媳董妞。其余的人，都变成了鬼。爹娘没留下半亩地，没留下一文钱；三间破草房已经住了三辈。小八哥儿俩和铁蛋门开了几次仗，最后小九死了，董妞也不见了，莫非跟铁蛋跑了？……南阳府刀客（土匪）横行，这一夜刀客点了十八里岗集上的房子。人们想从井里汲出水来；但是三口井早见了泥浆。河，根本就没有水。集镇冒着烟，小七家也是一片灰烬。他嚷着：“小八！哪儿去了？”

小八哪儿去了？读者会想到小说里小七和小八的两句对话：

“小八，照你说，咱干啥有饭吃？”

“干啥？干刀客。去汤去！”

匪荒现象是二十世纪三十年代北中国农村现实的一个重要侧面。《七八九》画出了南阳农村的贫穷困顿，陷入绝境的农民铤而走险。

《水星》后来又刊登了张天的短篇小说《疙瘩》和《二磨》。《疙瘩》写冯大爷，一个左额角上伏着个肉疙瘩的老人。十二岁的时候，额角上长了一个疱，妈亲手摩过，疱不消，变成了个永久的肉疙瘩。他“干过泥水，干过队伍，干过打更的，干过卖油条的”，爹死了，妈死了，哥死了。他没有娶过女人。老了，有一天摔了一跤，疙瘩完了。《二磨》中的二磨是个半老不老的汉子。他遇事从来是不肯出头的，犯不着跟“势力人”作对，常说的是：“管他妈嫁谁。”天久旱不雨，乡亲们放了张三老爷塘里的水，结果是秋天收粮食要加两倍收租。民团来收费，二磨也和大家一样没钱交，结果却被拴住带走。村子的人对于二磨的事，也是“管他妈——”。乡风土气中流动着的仍然是作家对农民生存境遇的关注，只是《疙瘩》笔端多了点温情，《二磨》于悲悯中加入点嘲讽。

张天的小说，童谣的插入浓化了地方风情，口语的灵活运用增强了乡土色彩。“汤”，南阳土话，有“干”“闯荡”的意思。不是老南阳，今天可能就难于准确理解了。

当时的《新小说》和《人间世》也有张天的小说和散文发表。《新小说》的编者称道张天是“值得特别推荐的”“新出的作家”，“他的轻松的笔致，流畅的语言，直可追踪老舍先生的短篇。”（《新小说》1935 年第四期《编辑余谈》）

卞之琳晚年回忆《水星》的文章中特意说到张天。卞之琳说，他和靳以对这位“用灵活口语的短篇小说作者”寄予了最大期望。令人遗憾的是，《水星》停刊之后没有再见到张天的作品。卞之琳说，张天“好像是河南南阳一带人”。同样令人遗憾的是，我在南阳史志里也查不出这位乡贤的信息。

储安平与《文学时代》

储安平（1909～1966）以主编政论杂志《观察》而广为人知，但他最初编辑的刊物却是《文学时代》。

储安平，江苏宜兴人，1932 年毕业于上海光华大学政治系（秦贤次：《储安平及其同时代的光华文人》）。早年的储安平爱好文学，在光华附中读书时期就有小说创作，以后侧重散文，成为新月派的后起之秀。他的散文深受徐志摩的影响，1931 年的《一条河流般的忧郁》和 1933 年的《豁蒙楼暮色》是他的代表作。学者朱寿桐认为新月派同仁“是中国现代文坛上最典型的绅士文化群体”，“新月派的作家并不以精英文化思想的深刻和平民文化情感的浓烈显示自己的悠长，而是以优雅从容的自由风度和轻盈佳妙的性灵感兴展示自己的魅力”。他说：“储安平的散文那么诗意葱茏，也因他深挚地领悟到了生命就像‘一条河流般的忧郁’。储安平的这篇题目《一条河流般的忧郁》的散文，以缪塞那种‘一个世纪儿的忏悔’式的语气抒述着从人生底流处感知和悟解到的愁绪和苦况：因为‘太聪明’，‘感受力’太强，便深深地体验到‘一天到晚完全在幻灭和空虚里呼吸着’的‘痛楚’；但他写散文绝不是为了诉苦，而是为了表现他在这种人生况味中所感悟的忧郁之美：‘人生就是那样的 Sentimentar……忧郁像一条河流般在我心头流过。’正是这种感伤和忧郁的甜蜜滋味使得他虽备尝人生愁苦却又感恋着人生。在《豁蒙楼暮色》一文中，储安平更以一种灿烂的诗思表述了这种绅士的悟美感恋心性：他从南京的鸡鸣寺看到了‘幻想中’的海光暮色，湖面被远山背后的反光照耀得‘加倍平软，加倍清新，同时又加重惨白’，‘纵然天地立刻将成黑暗，但果能在黑暗前有这样一次美丽的夕光，则虽将陷入黑暗，似亦心甘。’似乎那一缕美丽的夕光便能补偿黑暗天地所造成的各种人生缺憾，似乎人生的各种意蕴都能被那清新的惨白之美包容无疑。”（《以“感美感恋”心态走出名士传统——新月派散文的绅士文化特性考察》）

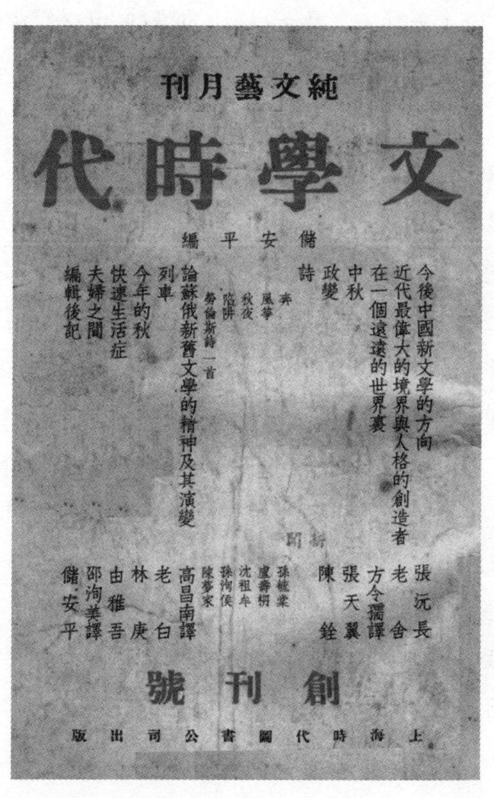

純文藝月刊

文學時代

儲安平編

今後中國新文學的方向　張沅長
近代最偉大的境界與人格的創造者　老舍
在一個遼遠的世界裏　方令孺譯
中秋　張天翼
政變　陳銓
詩
奔　孫毓棠
風箏　盧壽枬
秋夜　沈祖牟
臨[illegible]　孫洵侯
勞倫斯詩一首　陳夢家
論蘇俄新舊文學的精神及其演變　高昌南譯
列車　老白
今年的秋　林庚
快速生活症　由稚吾
夫婦之間　邵洵美譯
編輯後記　儲安平

創刊號

上海時代圖書公司出版

《文学时代》创刊号刊影

1935年11月10日，储安平编辑的《文学时代》创刊。大三十二开本，黄色封面，上方为刊名，并用小字标出“纯文艺月刊”，目录印在封面中间。上海时代图书公司印刷发行。两年前，他曾任南京《中央日报》的副刊编辑。

储安平在创刊号《编辑后记》中说：“我们想出一个文艺刊物的理由十分简单，无非想借此使自己在写作上加上一根鞭策的绳索。”《文学时代》没有发刊词，因为编者认为“一刊物的内容，就是一个刊物的一篇顶真切的宣言”。他强调：

> 我们并没有这种企图，想使读者从这一个刊物里看到有任何一种集体的流动——不管是感情的或者是理性的。我们都尊重思想上的自由。我们容许每一个在本刊上写稿的人，有他自己在文艺上的立场与见解，除了对文艺的本身忠实的这一点之外，我们没有更大的苛求。

提倡思想的自由和自由的文艺，正是储安平一贯的立场。

《文学时代》共出六期，其中张天翼的小说《中秋》

《蛇太爷的失败》、田汉的剧本《号角》《黎明之前》、臧克家的诗《水灾》，都是触及现实的作品。季羡林写国外生活的散文《表的喜剧》，笔墨中蕴含着乡愁。袁昌英的戏剧评论《易卜生的野鸭》，如同她在武大讲坛上那样习惯用图解来讨论剧本的结构。邢鹏举的《关于女子》旁征博引，编者称为“极丰富的散文”。当时林庚正苦心孤诣地从自由诗向格律诗探索。杂志先后刊发了他的试验作品。如《孤夜闻笛》：

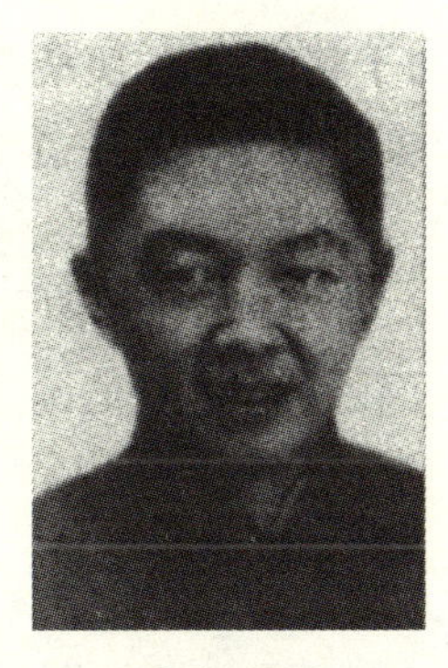

储安平

春风又来时院中的杨柳星子如明眸的消瘦／笛声吹起了是路遥山长少年多雄心的节奏／惊醒了芳心是谁的消息墙外有轻轻的语声／问遍了窗下却没有回答怕又到暮春的时候／隐隐里车声如一曲梦寐远远的阔别了市声／青天上白云缓缓的移动浮过了初生的树后／夜深气氛中乳色的丁香生命如一缕的清泉／满院的花语万方的沉寂伊人有轻盈的双袖

林庚在第五期有《关于四行诗》一文，写四行、八行的这一试验。对林庚的试验，反对最力的是他的朋友诗人戴望舒。戴在1936年《新诗》第二期就发表了《谈林庚的诗见和“四行诗”》，从而引发一场论战。这已是后话了。

储安平的编辑工作是认真负责的。刊物重视作家的研究和艺术的探求，如老舍关于康拉得的介绍，杨丙辰关于普拉盾的译文，余上沅的《史坦尼士拉夫斯基》，赵家璧的《桑顿·维尔特研究》，宗白华、李长之或中或外的美学评论与翻译等，但太学术化，天地因而显得狭小。

《文学时代》的作者达四十余人（不包括美国人项美丽），主要是两部分：

作家。郁达夫（1896～1945）、田汉（1898～1968）、老舍（1899～1966）、王统照（1897～1957）、张天翼（1906～1985）等，皆为早有盛名的作家。臧克家（1905～2004），山东诸城人。1935年山东大学毕业，已是有一定影响的诗人。罗洪（1910～ ），原名姚自珍，江苏松江（今属上海市）人。有多部作品的女作家。李同愈（1902～1942），江苏常熟人。1927年到青岛，开始写作。1935年暑期，与王统照、老舍、吴伯箫、孟超等在《青岛民报》上合办副刊《避暑录话》，刊诗与散文。滕刚，1934年在南京与程千帆、汪铭竹、常任侠等发起组织土星笔会，出版《诗帆》半月刊。侯汝华，多有诗作发表的诗人。

学人。杨丙辰（1896～?），原名杨震文，字丙辰，河南南阳人。袁昌英（1894～1973），字兰子、兰紫，笔名昌英，湖南醴陵人。宗白华（1897～1986），原名宗之櫆，江苏常熟人。余上沅（1897～1970），湖北沙市人。方令孺（1897～1976），安徽桐城人。凌叔华（1900～1990），原名凌瑞棠，笔名素心、叔华等，祖籍广东番禺，生于北京。马仲殊（1900～1958），曾名马广才，笔名仲殊，江苏灌云人。林如稷（1902～1976），四川资中人。梁宗岱（1903～1983），字菩根，广东新会人。张沅长（1905～?），上海人。陈铨（1905～1969），四川富顺人。郭子雄（1906～?），笔名华五，四川资中人。沈祖牟（1906～1947），曾用名沈丹来，福建闽侯（今属福州市）人。邵洵美（1906～1968），原名邵云龙，浙江余姚人。李唯建（1907～1981），原名李惟建，四川成都人。赵家璧（1908～1997），江苏松江（今属上海市）人。方玮德（1908～1935），安徽桐城人。邢鹏举（1908～1950），字云飞，江苏江阴人。孙洵侯（1909～?），江苏无锡人。李长之（1910～

1978)，原名李长治，曾用名李长植，山东利津人。林庚（1910～2006），字静希，福建闽侯（今属福州市）人。孙毓棠（1911～1985），笔名唐鱼，原籍江苏无锡，生于天津。陈梦家（1911～1966），浙江上虞人。高植（1911～1960），安徽合肥人。季羡林（1911～2009），山东临清人。由稚吾（生卒年不详），云南姚安人。

作家和学人，两者是交叉的。作家中的老舍，在英国时已开始写作，回国后即在齐鲁大学任教。学人中的陈梦家，为新月后期最重要的诗人。不少学人的专业并非文学，但又是作家、诗人、戏剧家、美学家。学人中十九世纪末出生的已人到中年，出生在二十世纪初（1900～1910）的却正值青春年华。他们大多受过完整的高等教育（多数毕业于名牌大学），很多人有留学欧美（少数留日）的教育背景。当时多在大学任教，不少更是著名大学的著名教授。储安平与许多学者、教授结下了友谊。有着自由思想而保持超然地位的学人，有的后来还成为《观察》的撰稿人。

储安平出身光华大学，陈梦家毕业于中央大学，作者中郭子雄、沈祖牟、赵家璧、邢鹏举和方玮德、孙洵侯、由稚吾等，就是分别来自两所大学的他们的同学。

检索《新月》（包括仅出四期的《诗刊》）全部目

录，《文学时代》的作者竟有超过一半的人在这两种刊物上发表过作品。他们是《新月》作者群的新朋旧侣。方令孺、凌叔华和林徽因，论者称之为“新月社三女杰”。储安平这份杂志虽然不属于派别和集团，但还是留下了一点编者与新月派的历史痕迹。

1936年4月，《文学时代》第六期出版。卷首有储安平的启事：“敬启者，鄙人拟作远行，本刊事务未能兼顾，现已向上海时代图书公司辞去本刊编辑之职，自第二卷第一期起本刊编辑事务当有上海时代图书公司另请他人继续负责。此启，储安平谨拜。”杂志遂告停刊。6月，储安平离开南京至上海，乘船赴德国。8月间到英国，入伦敦政治经济学院学习。

1938年储安平回国。抗战时期先后在《中央日报》、复旦大学、中央政治大学、蓝田国立师范学院等处任职。1945年11月，与张稚琴在重庆创办《客观》周刊。次年春到上海，9月1日创刊《观察》，储安平担任社长和主编。《观察》倡守民主、自由、进步、理性的办刊宗旨，迅即成为国共内战时期著名的自由刊物。1948年12月24日，被国民党上海警备司令部查封。

1957年6月1日，在中共中央统一战线工作部召集的座谈会上，储安平因《向毛主席和周总理提些意见》的发言，随后被认定为“大右派分子”。1966 年“文革”风起，他就成为被“扫荡”的对象。9 月上旬失踪，生死不明。报人冯英子说：“他才气纵横而骄傲绝顶，万事不肯下人，其实归根结蒂他只是一个书生，当别人在引蛇出洞时，他却自投罗网，竟以身殉，这不仅是知识分子的悲剧，也是中国的悲剧。”（《回忆储安平先生》）

《绿洲》和甘雨胡同六号

《绿洲》，1936 年 4 月 1 日在北平创刊。绿洲月刊社编辑部编辑，绿洲月刊社发行部发行，代表人杜纹呈。

杜纹呈（1910～1996），原名杜文成。常用的笔名是南星，另有林栖、杜南星、石雨等，河北怀柔（今属北京）人。长于诗和散文，也从事文学翻译。南星的老友张中行说："我们最初认识是在通县师范。那是二十年代后期，我们都在那里上学。他在十三班；我在十二班，比他早半年。在那里几乎没有来往，但是印象却很清楚。他中等身材，清瘦，脸上总像有些疙瘩。动作轻快，说话敏捷，忽此忽彼，常常像是心不在焉的样子。对他印象清楚，还有个原因，是听人议论，他脾气有些古怪，衣服，饮食，功课，出路，这类事他都不在意，却喜欢写作，并且已经发表过诗和散文，而且正在同外边什么人合办名为《绿洲》的文学刊物。”（《诗人南星》）这最后一句记忆有误。1935 年，《绿洲》创刊的前一年，南星已从北京大学外语系毕业，在北平的一所中学教书。

创刊号有《绿洲编辑室》，编者先说刊名：“‘绿洲’这两个字是有人用过的。我们一则觉得刊物的名字不十分要紧，二则不愿意给一个小东西起伟大的名字，我们宁在这小小的 Oasis 上寄托我们的希望。”再说刊物：

> 关于本刊的性质，正如我们给几位执笔人信中所说的，“内容不限，但不拟刊载幽默或感伤文字”。我们想把这小刊物做成一个综合的文艺杂志，译作兼载，对于现代性与前代性的东西不愿摒弃任一种而愿加以选择，对于文艺各部门也不打算有所偏重，我们不把诗歌用更小的字排版，不让小说占据了大半的篇幅，多数杂志因兴趣关系不甚重视的文艺理论，也给它留出相当的地位。

这里说“译作兼载”，但《投稿简章》中却专列一

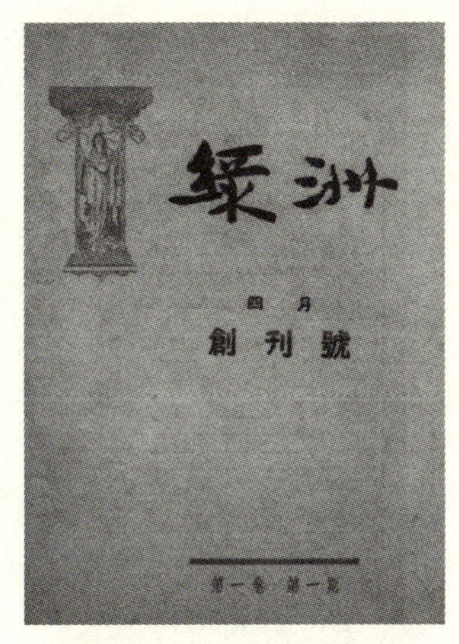

《绿洲》第一期刊影

条："译稿暂时不收"。看来是不收外稿，因为杂志刊载有理论、小说、戏剧等多篇译文，占了较大的比重。

《绿洲》是北京大学外语系学生办的刊物。当时在北大外语系读书并有散文在《绿洲》发表的方敬，晚年有《意气尚敢抗波涛》一文，回忆朱光潜教授关心同学们的文学写作和文学活动："一些爱好新文学的同学要办一个刊物，他就积极支持和赞助。这个刊物的格式像《水星》，大三十二开，封面朴素，刊头两个绿色大字'绿洲'就出自朱先生的手笔。"（封面"绿洲"两字，第一、二、三期分别为黑色、红色、绿色。——引者）

创刊号上有朱光潜的《论灵感》。《农人皮尔斯之幻梦》的作者梁实秋，曾任北大外语系主任。德国 R. M. Rilke《给青年诗人卡卜斯的信》的译者冯至、美国 Walt. Whitman《献给失败的人们》的译者李健吾，则是留德、留法归国的学者。李广田、卞之琳等，都是北大外语系毕业的学生。作者的阵容很为可观，而且年富力强。多数是二十多岁的年轻人，有的正值三十来岁的盛年。年龄最大的是朱光潜，四十岁，已经在欧洲留学八年，先后获得爱丁堡大学硕士学位和斯特拉斯堡大学博士学位，于 1933 年执教北大外语系。

1935 年毕业于清华大学研究院的曹葆华，有《抒情十三章》《寄诗魂》《落日颂》《灵焰》等多部诗集出版，他着力于梵乐希《现代诗论》等西方诗歌理论的译介，推进了中国诗歌批评的现代化进程，以个人的凝聚力和影响力启蒙和引导了北平“现代派”诗人群。曹葆华的好友何其芳，1935 年毕业于北大哲学系，只是他的兴趣不在哲学而在文学，《绿洲》上也有诗作发表。这年 3 月和 6 月，他的诗集《汉园集》（与李广田、卞之琳合编）及散文集《画梦录》分别出版，声名大振。江苏无锡人徐芳，1935 年北大国文系毕业后留校编辑《歌谣周刊》。她暗恋着她毕业论文的指导教师、时任北大文学院院长的胡适。1936 年 1 月下旬到 2 月下旬，曾和胡适有一段密切的交往。爱的情愫发之为诗，留下了不少篇章。1937 年 9 月，胡适去美国，断了这份不可能有结果的情缘。“抗战爆发，徐芳迁移到西南大后方，后来嫁给了诗人殷夫‘别了’的哥哥徐培根，一位国民党将领。徐芳诗作绝响是《月夜》，写于 1950 年，在台湾。作为军人家属移居到孤岛，她从此彻底失去了诗情。”（陈学勇：《当年她匆匆走过诗坛——读徐芳》）陈敬容，四川乐山人。1934 年，十七岁时随着恋人曹葆华来到北平，当时在清华、北大旁听，并写诗。十多年之后，她成为新文学史称作“九叶诗派”的九位诗人之一。《绿洲》上有徐芳的《杜鹃》和陈敬容的《等待》。

活跃在《绿洲》，后来也是“九叶诗派”一员的另一个年轻人是辛笛。

辛笛（1912～2004），原名王馨迪，另有笔名王心笛、心笛、一民、鸿等。祖籍江苏淮安，生于天津。1935 年毕业于清华大学外文系。1936 年赴英国爱丁堡大学研究英国文学。1939 年回国，先后在暨南大学、光华大学任教。1941 年改入银行任职。

第一期《绿洲》有辛笛的诗《无题》：

“朋友，你应该有个家了／——隔院的花开过了墙。”／但我更爱风花的日子，／高风的夜里，／有晕了酒的月亮安心。／你知道，／当轻马车轻碾着柳絮的时候，／我将是一个御者／，载去我自己和我的黄昏。／“是的，朋友，二月雨如丝，——二月的好天气。”

这首诗辛笛后收入《手掌集》，略有修改，改题《二月》：

“HT，你喜欢家吗？／——隔院的花开过了墙。”／但我更爱北国春日之迟迟，／看高风下，／晕了酒的月亮安心。／你知道，／当轻马车轻碾着柳絮的时候，／我将是一个御者，／载去我的，或是你的，／一蓑风，一蓑雨。／“是的，朋友，二月雨如丝，／——二月的好天气。”

诗写得轻快明晰。开头是朋友对 HT 讲的，HT 是辛笛名字英文拼音（当时采用的是威妥玛拼音）的字母。外文系的同学有时写信写诗写文，往往会用 HT 称呼他。诗的结尾是他对朋友讲的，其实全诗以诗人的答

复为主。（王圣思：《情系甘雨胡同六号》）

第二期有辛笛的日记体散文《春日草叶》。编者在第一期《绿洲编辑室》说："我们想多刊载一些亲切诚实的书札或日记，本期的《书札特辑》是一个尝试，希望读者不要以读文章的态度去读他们。"这个栏目还刊发了南星译的《歌德致妹书》、殷晶子的《箕茨致妹书》、叶宜的《叶宜致妹书（西北游简）》。

《绿洲》插页：《歌者》

辛笛《春日草叶》中记1936年2月20日至3月28日与友人的交往和课余生活。从清华毕业到去英国留学前有一年时间，辛笛住在北平城内甘雨胡同六号。这里原是一所不起眼的道观，香火久废，主持的道人把它改作变相的北方客栈。辛笛租的是道观后边的右方小院，住房仅一小间，但关起院门，自成一统，十分幽静。《无题》（《二月》）和《春日草叶》都是入住六号以后的作品。《春日草叶》写小院静好的魅力："说住处有花有木，窗下的是一株丁香，春天若果已来时，当不至感及颜色的寂寞；说地点也很适中，去市场去学校都不过隔两条街，而繁嚣的市声却只隐隐地传来，觉得辽远，时有啼鸟，给这院落的平静添一点韵响。"另有一首诗《丁香、灯和夜》，也是对小院风致的吟咏。常来访谈的都是辛笛的朋友，清华的孙晋三、高承志，比辛笛低一年的唐宝心，笔名叶宜，《叶宜致妹书（西北游简）》的作者，《绿洲》的代表人、北大的杜文成（南星）等。南星和唐宝心又是通县师范学校的同学，《春日草叶》文中的N指南星，P指唐宝心。

南星在辛笛去英国之后一度也住到甘雨胡同六号。他一篇散文的题目就是《甘雨胡同六号》，眷恋那值得追忆的温馨时光：

那小小的隐秘的庭院有比庙宇应有的更多的寂静，坐在终日关闭着的大殿里的佛像永远没有声音，有人从院中走过，脚步也是轻悄可听的。HT住在那儿，后来YC也住在那儿。（比我更清楚地记得那院子和它的魔力的人恐怕只有他们了，而他们又早已“迁居”到难以想象的生疏遥远的地方，年年没有信来，而且似乎没有再回来的可能，罢了，罢了。）我们念书，闲谈，想各人的心思，再闲谈，我们守着院里的丁香，看着它们生芽，开花，然后叶子一天比一天丰润。我们也没有疏忽了刺柏枣树，和我们自己种植的丛花，和它们一起分享清凉的雨和美好的阳光，什么样的生活！若夜间有月光，我们就在无数柔和的影子中间静坐，祈祷，做梦，枝叶上的水滴或是熟透了的枣有时从梦中飘落在地上，我们的梦却做得长，没有尽头地长，一直到月亮轻轻地隐没下去的时候，或者说一直到那一天，许多人都经历过那一天，有两辆车停在你的门外，然后你和它们一起走了，对门里的人说声再见，好像是还有回去的日子……

南星后来又用“甘雨胡同六号”，做了一本散文集的书名。他的散文文情俱至，十分耐读。张中行是很赞赏他这位老朋友的，晚年还称道南星“乃极聪慧之人，不仅是诗人，而且就镇日生活于诗境之中。并说，世有三种人：其一为无诗亦不知诗者，即浑浑噩噩之芸芸众生；其二为知诗而未入诗者，此即有追求而未能免俗之士；其三则是化入诗中者。而杜氏南星，诚属此世之未可多得的第三境界中人”。（扬之水：《关于南星先生》）钦慕之情溢于言表。

《绿洲》1936 年 6 月出版第三期后停刊，共出三期。第二期有《杜纹呈启事》：“本人以久病之躯，难任繁剧，自第三期起，特请王章树先生代为负责主编。”王章树，四川人，南星的北大外语系同门，留学剑桥。

史济行、《西北风》和鲁迅的《白莽遗诗序》

史济行，《鲁迅全集》的注释是：又作天行，笔名史岩、彳亍、齐涵之等，浙江宁波人。当时常在文艺界招摇撞骗。他广为人知的一案是骗取鲁迅的《白莽遗诗序》。

《鲁迅日记》对史济行的最早记载，见于 1928 年 10 月 19 日："得史济行"信，"午后复"。1929 年 2 月 20 日又有："得史济行信"。21 日："午后复"。10 月 8 日："晚得史济行信"，但未见回复的记载。

时间过去五年。史济行以"史岩"的名字出现在《鲁迅日记》中，已是 1934 年了。5 月 15 日："下午得史岩信。"1935 年 3 月 2 日："得史岩信。"4 月 21 日：

"午后得史岩信片。"《鲁迅藏同时代人书信》(张杰编，大象出版社出版)收有史济行致鲁迅三封信的原件影印。第一封1934年5月10日发自宁波。《鲁迅日记》中已有记录。第二封也是从宁波发出，时间是1935年2月28日。鲁迅3月2日收到的似不是这一封。第三封为明信片，1935年4月24日自上海发。三封信都是向鲁迅索稿："如无新作，旧存作品亦可。倘再没有，日记或书函亦甚欢迎。""新译如无，旧译亦可，化名亦一听尊便。尊稿不论什么，均所欢迎。"甚至只要文稿命人送至书店，即可破例地立即取走半数稿酬。《鲁迅日记》中有不止一处对史的评论。1935年3月2日有"此即史济行也，无耻之尤"；4月21日又有"即史济行也，此人可谓无耻矣"。态度决绝，可谓厌恶之至。

鲁迅后来追述："史济行和我的通信，却早得很，还是八九年前，我在编辑《语丝》，创造社和太阳社联合起来向我围剿的时候，他就自称是一个艺术专门学校的学生，信件在我眼前出现了，投稿是几则当时所谓革命文豪的劣迹，信里还说这类文稿，可以源源地寄来。然而《语丝》里是没有'劣迹栏'的，我也不想和这种'作家'往来，于是当时即加以拒绝。后来他又或者化名'彳亍'，在刊物上捏造我的谣言，或者忽又化为

‘天行’（《语丝》也有同名的文字，但是别一人）或‘史岩’，卑词征求我的文稿，我总给他一个置之不理。”（《关于〈白莽遗诗序〉的声明》）

鲁迅经验过史济行的卑下，当时报刊上关于史济行的劣行的文字也会目见耳闻。

1930年，文坛就有史济行盗窃郁达夫文稿的传闻。郁达夫1930年6月23日致周作人的信中说：“有一个文学青年名史济行者，对于中国杂志著作界的人，都是十分佩服，常在通信的。他见了普罗比普罗还要普罗，见了不普罗，比不普罗还要不普罗。最近居然大发慈悲，替我的未完稿件，全都偷了去发表卖钱，大作文章。此外还说因为是我在生病，穷到衣食不全，向我的凡稍稍认识或竟不认识的友人处，三元五元，以至二十三十的借拢了许多款项竟不知飞上那里去了……”（《郁达夫文集》）

1931年8月31日《文艺新闻》第二十五号有署名陆鲁的读者来信，题为《凡是偷稿事件　都与史济行有关——天才！天才！天才!》，揭破史济行作为的恶劣。陆鲁在浙江宁属一小城认识史济行，史云应上海辛垦书店之邀，编辑辛垦月刊，向陆要稿。陆“遂以《密斯朱的头衔》暨《虚惊》二篇交其携去”。如泥牛入海，毫无消息。“今春复加润饰，遂分投上海当代文艺南京时事月报，现在已都发表”。陆接到友人来函，略谓：“去年金屋月刊（第九期第十一期），也有一篇《密斯朱的头衔》，内容几乎完全相同，但却署了史济行三字，这是什么缘故?”陆说自己写了三十多万字作品，尚未被人以剽窃相指摘，不料现在竟窃盗自己认为并不满意的史君的（?）大作起来，这，真是岂有此理!

1934年12月30日第四十八期《十日谈》有叶平的《宁波两作家》，其二即写史济行：“听说现年二十九岁，是上海艺术大学毕业的。人瘦小，眼近视，常是养着长长的头发，带着一副玳瑁的眼镜。”史济行熟悉文坛掌故，因而有文坛“包打听”的雅号。

1936年，鲁迅还是受了史济行的骗。鲁迅说：“这是三月十日的事。我得到一个不相识者由汉口寄来的信，自说和白莽是同济学校的同学，藏有他的遗稿《孩儿塔》，正在经营出版，但出版家有一个要求：要我做一篇序；至于原稿，因为纸张零碎，不寄来了，不过如果要看的话，却也可以补寄。其实，白莽的《孩儿塔》的稿子，却和几个同时受难者的零星遗稿，都在我这里，里面还有他亲笔的插画，但在他的朋友手里别有初稿，也是可能的；至于出版家要有一篇序，那更是平常事。”鲁迅说，他是很受了感动的，因为：“一个人受了难，或者遭了冤，所谓先前的朋友，一声不响的固然有，连赶紧来投几块石子，借此表明自己是属于胜利者一方面的，也并不算怎么希罕；至于抱守遗文，历多年还要给它出版，以尽对于亡友的交谊者，以我之孤陋寡闻，可实在很少知道。”（《关于〈白莽遗诗序〉的声明》）

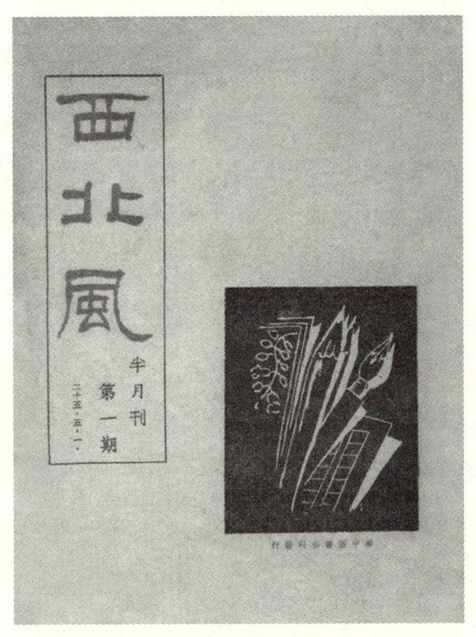

《西北风》第一期刊影

大病初愈的鲁迅在才能起坐的境况下，力疾写了一篇短文，第二天即付邮寄去。《鲁迅日记》留下了记录："十日得齐涵之信。""十一日为白莽诗集《孩儿塔》作序。""十三日午后复齐涵之信并寄诗序稿。"这就是《白莽遗诗序》（收入《且介亭杂文末编》时改题《白莽作〈孩儿塔〉序》）。

鲁迅料想不到的这竟是史济行的一场骗局。诗序寄出不久，鲁迅就看到 1936 年 4 月 4 日《社会日报》上有文揭露史天行化名齐涵之，仍在玩着骗取文稿的老套，悟到自己受了骗。又看到"主编史天行"的《人间世》预告要目中有《孩儿塔》的序文，4 月 11 日就写了《关于〈白莽遗诗序〉的声明》（收入《且介亭杂文末编》时改题《续记》），在 5 月出版的《文学丛报》月刊第二期刊出，详说了事情的经过，以正视听。

史济行屡次向鲁迅"恳乞"（史济行语）文稿而未获应允，必然另寻门路。1934 年 5 月 10 日，他在给鲁迅的信中最后有几行文字："白莽有一本遗下诗集，叫做《孩儿塔》，我想把它出版，要求先生做一篇序，谅可办到吧？"两年之后，鲁迅可能已经忘记了这个情节，加之对柔石、殷夫的深厚情感，"收存亡友的遗文真如捏着一团火，常要觉得寝食不安，给它企图流布的"

(《白莽遗诗序》),“偶不疑虑,偶动友情”,以致让史的骗局得逞。

史济行在汉口办的杂志叫《人间世》,署名“史天行”。《人间世》本是林语堂1934年主编的杂志的名称,史却照样袭用。第二期才更名为《西北风》。鲁迅的文章《序〈孩儿塔〉》就登在这一期的《西北风》(1936年5月1日出版)上。发行人唐性天不变。编辑者改为“西北风社”,实际还是史天行即史济行。《编前致语》装模作样,满口谎言:“这期应该声明:鲁迅的一篇《序〈孩儿塔〉》是涵之兄转寄我的,他是白莽旧友,所印的《孩儿塔》,听说即将出版,又该文内附有铜图,乃鲁迅近影,锌版则为鲁迅氏之手札。”史天行即史济行,也即齐涵之,三而合一,一而变三,瞒天过海,令人齿冷。

史天行恶习不改。十二年后的1947年,上海《创世》月刊连续刊登了六篇关于鲁迅的文章,所谈范围广泛,但充满无证之词,难验之事,云遮雾障。甚至说,解放区有许多以“鲁迅”命名的大学、小学、艺术学院,树鲁迅铜像;汪精卫最爱读鲁迅文字,曾致函鲁迅表钦佩之意等。作者史天行。

鲁迅夫人许广平(署名“景宋”)写了《关于鲁迅

先生的作品、故里、逸事》，揭露史天行的骗局谎言。文章连载在1948年6月出版的《展望》第二卷第七期、第八期。景宋指出："'史天行'大谈其《鲁迅的早年作品》《鲁迅故里访问记》《鲁迅逸事》，像煞是鲁迅的一位朋友或知己似的。"其实不是。她提请读者参看鲁迅《白莽作〈孩儿塔〉序》的《续记》，当会了解史某其人。她说，史的文章"谬误得离奇"，"似是而非，错误百出"，仅列举其中三篇的十二个问题，以确凿史料或亲身经历，逐一批驳，证明了史的道听途说，以讹传讹，牵强附会，向壁虚构，揭露其险恶用心。这年10月，《再造》杂志第二卷第三期上有史天行的《写给许景宋先生》一文，他不得不承认："我写鲁迅先生逸事，可说博采广征，或竟是道听途说。"却再三辩白："错误或者有之，别有具心则真是受屈之至。"

1931年，史济行有《谈谈鲁迅》（《红叶》合订本第二册）一文，写道："鲁迅现在已成为偶像了。在过去有因骂他而得名的，如陈西滢、高长虹辈，有因捧他而得名的，如许钦文、柔石等，有因忽骂忽捧他而得名的，如钱杏邨氏，且有因他著作版税而发财的，如李小峰，又因收集别人批评他的文章去出书本因而赚钱的，如台静农（编有《关于鲁迅及其著作》）、钟敬文（编有

《鲁迅在广东》)、李何林（编有《鲁迅论》）三人，更有许多文艺杂志，似乎非谈鲁迅不足以广销路，甚矣！鲁迅在中国魔力之大也。”其实，真正又捧又骗又诬又编的首屈一指的老手，正是这个史济行（史天行）。

《今代文艺》和郭沫若的戏联

1936年7月20日，上海出版了一种新杂志《今代文艺》。月刊，十六开本，创刊特大号二八二页。侯枫、王萍草、金容编辑，今代文艺社出版，今代书店发行。共出三期。

侯枫（1909～1981），原名侯传稷，字升廉。笔名尚有廉生、倩红等。广东澄海人。1926年加入中国共产党。1927年秋到上海，改换名字考入暨南大学文学系，并作地下工作。1930年组织暨南剧社，同年加入左翼戏剧家联盟。1934年赴日本学习，次年冬天回国。曾创办联合出版社，先后编辑《东方文艺》《今代文艺》《战时戏剧》《戏剧前线》等刊物，从事进步文艺活动。

抗战期间，致力于戏剧工作。1949 年后，先后在新中国青年艺术剧院、中国戏剧家协会广西分会、广东分会任职。

《今代文艺》的作者、译者以左翼为主，但较为宽泛。刊发的文艺作品大都以抗战为题材，揭露敌人的侵略罪行，表现民众的英勇斗争。编者说：要“用一支笔杆，写出我们所要说的话，藉以唤起尚未心死的同胞，

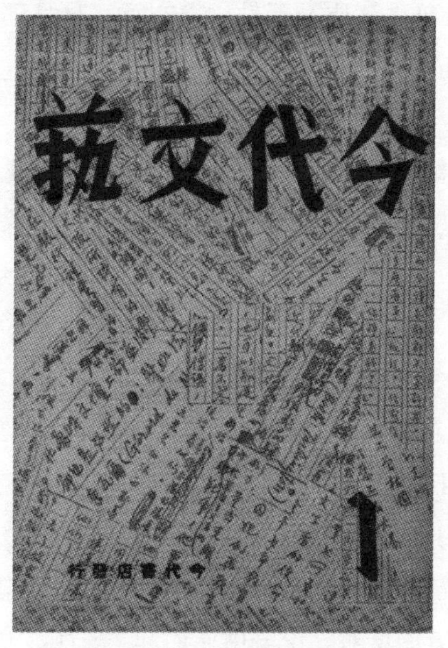

《今代文艺》第一号刊影

团结起来作争求中华民族生存的斗争”。（第三期《编者的话》）

1936年，上海左翼作家鲁迅“民族革命战争的大众文学”和周扬（周起应）“国防文学”两个口号的论争激烈。9月出版的《今代文艺》第三号封面要目中，彩色大字格外突出的是两个标题：郭沫若的《戏论鲁迅茅盾》和徐懋庸的《还答鲁迅先生》。

《戏论鲁迅茅盾》不是一篇文章，只是郭沫若手书的一副联语：

鲁迅将徐懋庸格杀勿论　弄得怨声载道

茅盾向周起应请求自由　未免呼吁失门

沫若戏拟　一九三六年九月夜

反映了两个口号论争中郭沫若的态度。

1936年2月，周扬等人正式把“国防文学”作为文艺界抗日民族统一战线的口号提出。有人赞同，有人反对。5月，胡风发表的文章中提出了“民族革命战争的大众文学”的口号。从而引起周扬、徐懋庸等“国防文学”论者的反对，论争由此而起。7月，第一卷第二号《文学界》刊登了鲁迅《论现在我们的文学运动》。

鲁迅说："民族革命战争的大众文学，是无产阶级革命文学的一发展，是无产阶级革命文学在现在时候的真实的更广大的内容。""民族革命战争的大众文学，正如无产阶级革命文学的口号一样，大概是一个总的口号罢。在总口号之下，再提些随时应变的具体的口号，例如'国防文学''救国文学''抗日文艺'……等等，我以为是无碍的。不但没有碍，并且是有益的，需要的。"同期，茅盾的《关于〈论现在我们的文学运动〉》，支持鲁迅对"二口号之非对立而为相辅，对'国防文学'一口号之正确认识"。《文学界》在刊载鲁迅、茅盾的文章时，却加了一个《附记》，强调"国防文学"已被全中国的文学界"正确地接受，热烈地拥护"，"成了现阶段的中国民族革命战争文学的中心口号"，指责"民族革命战争的大众文学"的理论基础显然犯了错误，又"大背'统一战线'的原则"。《附记》所言，应是主编周扬的意见。8月，第一卷第三号《文学界》又组织了个"国防文学"的特辑，刊发的十七篇文章中有十六篇赞成"国防文学"的口号，只有茅盾的《关于引起纠纷的两个口号》一篇肯定两个口号可以同时存在，希望"即速停止文艺界的'内战'，并且放弃那种争文艺'正统'，以及以一个口号去规约别人，和自以为是天生的领导者要去领导别人的那种过于天真的意念”。即使如此，周扬还在同期发表了《与茅盾先生论国防文学的口号》，予以反驳，明确表示：“‘国防文学’是文学上的统一战线的口号”，“我们不必在‘国防文学’的口号之外另提别的口号，自外于文学上的统一战线的运动。”8月1日，徐懋庸给鲁迅写信，攻击鲁迅和“民族革命战争的大众文学”的口号，措辞激烈，口气狂妄。鲁迅抱病写了《答徐懋庸并关于抗日统一战线问题》，刊载于8月15日出版的《作家》，全面地批驳了徐懋庸的种种非难。他指出：“民族革命战争的大众文学”口号，比“国防文学”口号“意义更明确，更深刻，更有内容”。两个口号虽然有差别，但是可以并存。论争大体在9月基本结束。

郭沫若时在日本，他是反对“民族革命战争的大众文学”，支持“国防文学”的。联语戏谑揶揄的口气给读者以深刻的印象。

《今代文艺》刊出联语时是单页插入，联语一页的背面为金祖同写的《后识》：“（九月）二日午后，沫若先生到我寓里来，天气很热，喝着冰，谈起最近国内文坛的纠纷，他说：‘我虽处身海外，倒也看得清楚。’我问他：‘清楚得如何?’他就提起笔来，戏拟了一联：

‘鲁迅将徐懋庸格杀勿论，弄得怨声载道；茅盾向周起应请求自由，未免呼吁失门。’写完了，就向我说道：‘这就是我的观点。’等不及我再问，他就掷笔打着哈哈去了。我觉得这虽是沫若先生的戏作，倒也很有意思，所以赶紧偷偷的寄给《今代文艺》发表，因为我们在国外的人，也是常常惴惴的妨有文坛的吴三桂出现呢，不知沫若先生见到，亦将恼我多事，发表他随便写的游戏之作否？好在沫若先生的《消灭口号战争》和《蒐苗的检阅》两文，都已寄到国内，如无意外的阻碍，大家不久总可看到，就拿此联作个调剂严肃空气的插曲吧。”文章至此似已做完，不料结尾却笔锋一转，把茅盾当作了“靶子”：“茅盾先生最近写了一封长信给沫若先生，我在他寓里看到，大致是劝他对此番论争，不要发表意见，以免为‘仇者所快’，似乎是动以大义。不知茅盾先生连续发表的反周起应先生的论著，就不是为‘仇者所快’吗？国亡无日，再没有比团结起来救国更重要的事，我看这些不必要的手段，还是赶快的停止了吧！”

金祖同（1912～1955），笔名有金且同、殷尘、疾雨等。浙江嘉兴人。这时与郭沫若同在日本千叶，过从甚密。一年后郭沫若秘密回国，他全程陪同，出力不小。1941 年曾有《鼎堂归国实录》（后改书名《郭沫若

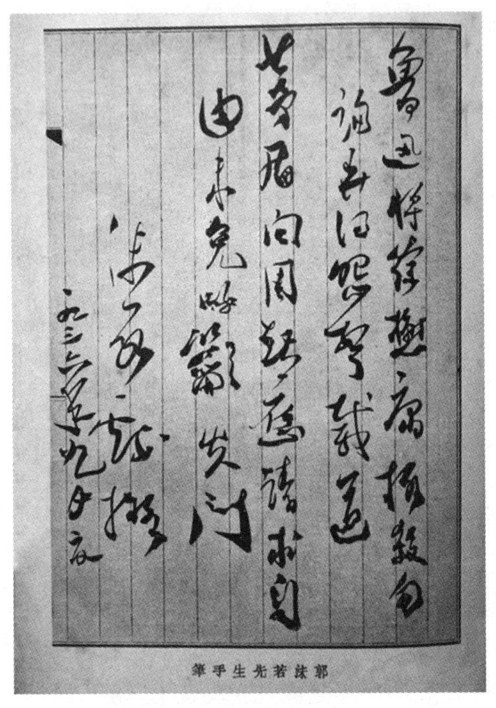

郭沫若联语

回国秘记》）出版。抗战胜利后，金曾在台湾大学、浙江大学任教。

金文中说的《蒐苗的检阅》，郭沫若“1936年8月30日打着赤膊费了一日之力草成”，9月10日出版的第一卷第四号《文学界》就刊出了。郭在文中重申“民族革命战争的大众文学”这个口号的提出，“手续上说既有点不备”，“意识上也有些朦胧”，“不大妥当而且没有必要”，“最好是撤回”。10月10日，茅盾在《大公报》发表了《谈最近的文坛现象》，回答了郭沫若的《蒐苗的检阅》和金祖同的诘问。

《还答鲁迅先生》是徐懋庸对鲁迅《答徐懋庸并关于抗日统一战线问题》的回应。

沙汀在《一个左联盟员的回忆琐记》中记述：“徐懋庸在他给鲁迅写信之后，就回浙江老家去了。而在读了鲁迅先生那封回答他的公开信后，他又立刻回转上海。不久，他去环龙路看我，说他读了那封公开信后痛哭了两三场。当他叙述这一切时，我记得，他的眼睑红润，泪光闪烁。这也说明，尽管做了糊涂事情，他是热爱鲁迅、尊敬鲁迅的。但是，叫我吃惊的是，他不只是向我诉苦、解释，还带来一封回答鲁迅公开信的《公开信》！那时《文学界》已经停刊，他希望能在《光明》发表。我立即加以劝阻，也不看他的信；但他力言他很痛苦，他的《公开信》非发表不可，他可以另找刊物发表。最后，我提出要他找周扬同志谈一次话，再作决定。他同意了。谈话的地点也是在环龙路我家里。我这么做，因为我知道周扬必不会同意他的做法，而且周扬的意见、劝阻，会比我的有效得多。当我向周扬反映徐懋庸同我谈话的经过时，他很吃惊，也有些生气，因此如约到我家里去了。徐懋庸更是按时到达，但他显然没有料到周扬同志的劝阻比我坚决。其间的细节已经模糊，而结果却记忆犹新：彼此不欢而散。徐懋庸揣好他的《公开信》先走了。”“恰好女子书店搞了个《今代文学》，主编人刚从日本回国，正在四处拉稿。于是徐懋庸那封回答鲁迅的公开信就在这个刊物的创刊号发表了，引起文学界很大震动、不满。”这里，《今代文艺》误为《今代文学》，徐文刊在第三号，而不是创刊号。

与徐懋庸谈话的人，还有夏衍。夏衍晚年回忆：“我和他在一家咖啡馆谈了两小时，我批评他不顾大局，个人行动，使刚要成立的中国文艺家协会陷于被动，还以强硬的口气不准他再写答复鲁迅的文章；但是他不仅不听，反而反唇相讥，说八月一日给鲁迅的信是他个人写的，但讲的内容却是‘左联同人’的意见（他当时用的是‘左联同人’这个词，在他后来写的‘回忆录’中则成了‘周扬他们’）。我不能说服他，争得面红耳赤，不欢而散，但也还在临别时为了争付茶钱而破颜一笑。这件事我记得很清楚，我对于他的鲠直、不讲假话，还是有好感的。”徐懋庸的《还答鲁迅先生》发表后，夏衍说："我看了这篇文章，担心会引起更大的风波，就给冯雪峰写了一封信（托内山完造转交），说明徐懋庸给鲁迅的信，和登在《今代文艺》上的文章，完全是他的个人行动，我们劝阻无效，希望他能把这点意思转告鲁迅先生。我写这封信也没有和周扬商量，也可以说是个人行动。过了几天，我又见到内山，知道这封信第二天就交给了雪峰，但是一直没有得到他的回信。《今代文艺》是一份不太为人注意的杂志，因此我们也希望鲁迅不会看到。"（《两个口号的论争》）

徐懋庸的说法是："本来觉得也可以默尔而息。但又觉得这一回鲁迅先生实在是'信口胡说，含血喷人，横暴恣肆，达于极点'。倘不辩明几句，倒显得我是'唾面自干'了。"（《还答鲁迅先生》）"这个公开信的稿子，我曾经给周扬他们看过。他们不让我发表，怕惹出更大的乱子，我一定要发表。后来，我找了一个叫《今代文艺》的刊物发表了。鲁迅却没有再理会。"（《徐懋庸回忆录》）

两个口号的论争已成为历史。捡拾这些今人知之不多的细节，将有助于还原论争的历史场景。

《谈风》的《宛西闻见记》

《谈风》，1936 年 10 月 25 日在上海创刊，半月刊，四十四页。编辑者浑介、海戈和黎庵，发行人周黎庵。后改为主编海戈、周黎庵，谈风社发行。

海戈（1900～1965），原名张海平，又名张步瀛。江苏高邮人。北洋大学毕业后赴美国留学。1923 年回国，在铁路部门任职。他是《论语》的主要作者之一，一位伴随《论语》而成长的青年作家。1945 年后去台湾。周黎庵（1916～2003），原名周劭，字黎庵。笔名有西华、公西华、笠堪等。浙江镇海（今宁波）人。东吴大学法学院毕业。《谈风》之前，曾编辑《宇宙风》杂志。上海沦陷后，为《古今》杂志的实际主编。

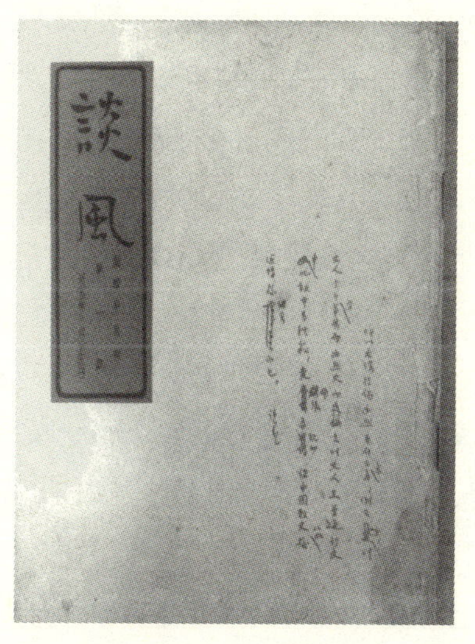

《谈风》第一期刊影

1932年至1934年，林语堂在上海先后办了《论语》《人间世》《宇宙风》等刊物，提倡幽默、闲适和独抒性灵的创作。《谈风》正是对这一流派的承袭。

创刊号《缘起》中编者说得明白："殊感幽运不振，而默道颓唐"，办刊意在"重新提倡幽默"。封面刊名下方"幽默半月刊"五字，标榜了刊物主旨。同时，手迹制版影印了林语堂如下一段文字："所以若谓提倡幽默有什么意义，倒不是叫文人个个学写几篇幽默文而是叫文人在普通行文中化板重为轻松，变铺张为亲切，使中国散文从此较近情，较诚实而已。”编者说：“本刊所提倡的幽默，并不想大家舞文弄墨，乃是要从社会生活下找到幽默。”（第二期《编后赘语》）内文首页是一张宇宙风社、西风社、谈风社欢送林语堂去美国的大幅照片，《谈风》的刊名和栏目名都是周作人题写，由此可以看出编者对周、林二人的推崇。《谈风》的作者大多为《论语》的旧人，知堂、老舍、何若、老向、俞平伯、姚颖、许钦文、林憾庐、方令孺、陈子展、谢冰莹、卢冀野、施蛰存、高伯雨、赵景深、丰子恺、钱仁康等以及编者黎庵、海戈、浑介。

时代在变化。《谈风》出版时，“九一八”事变已发生了五个年头，日本帝国主义对中国的军事入侵日甚一日，中华民族面临生死存亡的一发之秋。这样的时候，再去刻意地追求幽默闲适显然不合时宜。编者从第六期杂志起，去掉了封面“幽默半月刊”中的“幽默”二字，开始摆脱单纯的幽默追求，加强了对现实的关注。老向的《宛西闻见记》即是一例。

老向（1898～1968），原名王焕斗，字向宸。河北束鹿县人。出生在一个普通的农民家庭，小学毕业后，考进北京师范学校。五四运动时，参加游行集会和火烧赵家楼，被当局通缉，逃出北京。师范毕业后，时而教书自学，时而在家务农。1923 年考入北京大学国文系。1926 年大革命中南下从军，参加了北伐。1929 年重返北大继续求学。北大毕业后以教书著述为业。长篇小说《庶务日记》奠定了他在文坛的地位。幽默、通俗、有乡土味，是老向创作的特色。

老向是《谈风》的重要作者之一。第一期即有他的《难产记愚》。第二期开始连载的长篇小说《寻心》，黎庵在《编后赘语》中誉谓老向的扛鼎之作，“为本刊特唱的连台好戏”，一直连载到第十五期方告结束。紧接着，第十六期又有《宛西闻见记》的连载。

《宛西闻见记》是老向 1937 年春天宛西之行的见闻实录。宛，河南南阳古称。宛西，南阳西部。文中的“宛西三县”，指内乡、镇平、淅川。

《无裤之妇》写内乡县山区的裸人。有一位督学到内乡县北部伏牛山里去考察教育。日已黄昏，偏又遇上风雪。他看到山崖间一间茅屋，走到屋前，听见里面有孩子力竭声嘶的哭声。掀开草帘钻进去，似乎看见一个人影急遽一闪，屋中燃着一堆木炭火，火边一个赤条条的婴儿在哭。他抱起婴儿，再去搜索那一闪的黑影儿，发现在屋角一团茅草里有一个女人。督学正要责备那女人为什么不好好地招抚孩子，那女人却先说话了，说她不能见人，她没有衣服穿。她原有一条裤子，前两天被丈夫穿出去觅食。她和她的孩子只能裸体呆在家里饿着等待。督学初以为是在做梦，但看到地上熊熊的火光，草中蓬头的女人，哭个不止的孩子，知道这是现实。老少共有一条裤子的人家，山区并不罕见。

《无发之妪》写山区无发的老妇。山区妇女有的因为买不起木梳之类，干脆把头发剃光。一位老妇住在山中四无邻居的茅屋里，相依为命的伴侣只有两个：一是

《谈风》第十六期刊影

丈夫，聋而且哑的瘫痪的老翁；一是两年前买回的一只鸡雏儿，这时已长成一只黑母鸡，朝夕相随，仿佛是她的女儿。老妇垦田、打柴、采药，以至挑了重担到山下去赶集。三条生命逼迫她不停地做工。老妇的头发全都弄光了，因为她理不起发，也没有工夫理发。穷得穿不起裤子已经够惊人的了，穷到连头发都养不起，未免令人有一言难尽之感。

《野兔袭人》写农村的凋敝荒凉。兵抢匪劫，烧屋杀人，逼得宛西三县老百姓奋力自卫。燕子寨是内乡境内靠近县边界的一个村庄，环绕村子是用土或砖石筑起的寨墙。为提防邻县的土匪，村里的壮丁们每天夜里都要拿起枪到寨墙上去守卫。白天，燕子寨的村民要去寨外耕田，在田间劳作时需要壮丁们站在最外的边线上防备。万一有匪袭来，壮丁们一鸣枪，那些劳作的人们立刻向寨里撤退。幸而无事，太阳降落时，大家也就鸣金收兵。燕子寨的村民们就这样挣扎着过活，尚略有安全。但从燕子寨向邓县望过去，本来可以看到的一个寨子，因为土匪不断烧杀，老百姓不断逃亡，早已破败不堪。耕种千年的沃野满生着茂草，茂草里成为野兔横行的世界。

宛西聞見記

老向

一　無褲之婦

在河南省，古代的文化區，直到今天還存在着一部分裸體人，說來幾乎令人難以相信了。但是不怕你不信，在內鄉縣北部的伏牛山裏，這種裸人並不罕見。

有一位督學曾到上邊的山區裏去考察教育。日已黃昏，偏又遇上風雪。在他的視線以內，只有山崖上一間茅屋可以去投宿。他走到那所茅屋的前面，聽得裏面有個孩子力竭聲嘶的哭着。他掀開草簾鑽進去，似乎看見一個人影急遽的一閃，屋中燃着一堆木柴火，火旁邊哭着一個赤條條的嬰兒。他抱起那嬰兒來，再去搜索那一閃的黑影兒，在屋角上一團茅草裏又發見一個女人。

那位督學正要責備那女人為什麼不好好的招撫孩子，那女人却先說話了，說她不能見人，她沒有衣服穿。她不是沒有衣服。原有一條袴子，前兩天被她丈夫穿出去覓食。她，和她的孩子裸體待在家裏餓着等。是的，餓着等餓的日子過於久了，那女人的奶水乾涸，那孩子便沒法子止住哭。

「這不是真的，這是作夢吧？」那位督學當時這樣想。他看看地上熊熊的火光，看看草中蓬頭的女人，又看看哭個不止的孩子，不，這不是作夢，這是老少共有一條袴子的人家之一。他怱促的又把那孩子放下，怱促的跑出去；待了一會兒，又怱促的跑進來，把一條絨布短袴丟給那女人，教她穿上趕緊去尋些吃食來救救孩子。

有了一條短袴遮羞，那女人立在火光之下了。一個瘿頸是她山居的特徵，也是她額外的財產。她說話很溫和，也很有禮貌。不過對於出去尋吃食這一層，顯然表示着絕望。真的，無論最近的四周都沒有鄰居，即是有，誰家又有富裕呢？山上的居民，大半都是用钁頭在山坡上棃一窪土，撒上些包穀種。天旱了，不成苗；雨水大，連土都給沖下去；好容

《宛西闻见记》首页

《安于淡食》写宛西食盐之难。这一节的内容，今日南阳人读来，如同海外奇谈。宛西没有咸湖，也没有盐井，食盐都是从许昌拖去。盐由海滨运到许昌，已经是千折万转，然而毕竟还有火车可用。而从许昌运到宛西，几百公里，当时还是以人做马，胶皮双轮的排子车，一车车地拉。宛西人的安于淡食，是因为盐在那里似乎比中药铺的冰片还珍贵，不安于也无可奈何。山里的居民，终年淡食，中秋节能够称二斤盐便感到满足。文中写道：过节的时候，“他们要过一过盐瘾，做的菜会咸得使我们不能入口”。

《烟茶糊涂》写宛西纸烟之禁。宛西三县，曾有一段实行由别廷芳担任“行政长官”的“自治”。禁止纸烟入境（县境），是“自治”的一个经济原则。宛西并不禁止吸烟，水烟和旱烟可以尽量地吸，但禁吸纸烟。理由简单得很，因为纸烟本地不能制造，又不是必需品。凡奢侈品一律拒绝入境。凡本地有的也一律不准入境，并不论是中货外货。宛西买不到纸烟，也买不到茶叶。茶不是本地出品，因为没销场，自然也没人贩运。一般人普通的食品是喝糊涂。“所谓糊涂，是用麦粉搅在水中熬熟，和糨糊一样而没有糨糊那么稠。有时不用麦粉而用玉米糁儿，有时也加上一些晒干的白薯蔓子”。

《宛西闻见记》重在记叙现实生活，很少写古迹和民俗。老向说，他不大喜欢考证古迹，但对附在古迹上的传闻却颇有兴趣。《古迹传闻》从宛西田间地头常见的土地庙与文起八代之衰的韩愈的传说说起，记述了与“屈原岗”“三狼坟”和“赤眉城”等处古迹有关的故事。如，屈原岗是一道土岗，传说是秦国囚禁楚怀王的地方。楚怀王受刑时想起当初规劝他不可赴秦的屈原，便大声喊叫“屈原——”。后人起名“屈原岗”纪念屈大夫，可谓“公道自在人心”。《饕餮社肉》说的“饕餮社”即“饕餮猪肉社”，宛西乡下的一种结社，社中人们的吃肉法不同寻常。假定这个社由十人组成，集资买个猪娃，钱由九人分担，余下的一人不出钱，负责饲养。到了年节，猪娃变成肉猪，宰了。大家便开始聚餐，天天三餐只吃猪肉，一直吃到这只猪只剩一把骨头为止。谁要是拿起筷子皱一皱眉头，说是“有些吃腻了”，也许会被取消下次社员的资格。他们的理论是：“不吃则已，要吃就彻底的吃，痛快的吃。”

《宛西闻见记》每期刊四至五页，约四千余字。第十九期《岗上小店》，顺序为“（八）”。宛西公路旁的小店，供客人吃饭住宿，称“起火小店”。土板筑起四扇墙，上面铺些茅草，临大路的一面墙上挖两个洞，一个作门，一个作窗。作者说：这样简陋的茅店，“在大都市里，即使摆在贫民窟也绝不会有谁肯去住”。因为下雨，作者和人力车夫也进了一家小店。小店老板待客的欢悦，挤在小店里的车夫们“面目粗糙，举动粗犷，言语粗野”，但诚恳质朴，坦白率直，令他印象极深。篇末注“全篇未完”。

第二十期《谈风》1937 年 8 月 10 日出版，这时卢沟桥枪声已经响起。国难当头，时局危急，未完的《宛西闻见记》也就打住。老向在故都炮火声中写下了《弱者哀音》，从“七七”事变后十天的报纸标题，看日军挑衅，增援不已，中国当局退让求和，愤激地喊出：“北平，可爱的北平，是否变质于‘求和’二字中，‘日内即可明了’。”同期有《谈风社紧要启事》，宣告《谈风》“经议决于二十期起废刊（停刊）”。

这年岁末，老向到武汉主编通俗文艺半月刊《抗到底》，从事抗战文化宣传。他与老舍、胡风等人为成立中华全国文艺界抗敌协会积极奔走。1938 年 3 月协会成立后，老向被选为理事，并任出版部副主任。抗战期间，老向是坚定的爱国者。他提出“文章入伍，文章下乡”，创作了大量通俗文化作品，浅显易懂，明白如话，推动了战时通俗文艺运动的发展。他的《抗日三字经》

《抗日千字文》在全国广为传诵，受到大后方百姓的喜爱。他与老舍和笔名老谈的何容，并称通俗文艺“三老”。老向在中国现代文学史上，是兼具京派文学、幽默派文学、通俗文学又自成一家的人物。“在现代中国作家中，作品能竭力摆脱西洋文学的影响的，老向是极少数中间的一个。他的作品，民族风格显明，不大有洋葱味。”（刘以鬯：《评〈村儿辍学记〉》）1949 年以后，老向一直受到漠视而长期湮没无闻。先在重庆文化局工作，1958 年被划为“右派”，“文革”中去世。

蒋弗华与《书人月刊》

1937年1月，《书人月刊》在上海创刊。书人社编辑部编辑，书人社发行部发行。十六开本，一三六页。

创刊号编者的《关于〈书人月刊〉的内容和形式》，说明了各个栏目的要求。栏目开设之多与分工之细，称得上一时之最。

杂志的重心是《书评》。编者说：

> “书评”是艺术之一。
>
> 我们理想的“书评”是“艺术的书评”。
>
> “书评”是创造之一。
>
> 我们理想的“书评”是“创造的书评”。

“书评”求真。

“书评”求善。

“书评”求美。

“书评”必需是个人的，偏见的，主观的。

“书评”必需是时间的，此时此刻的。

“书评”必需是空间的，此地此处的。

若是；尽管，一篇书评，写于一夕，读于一朝，它的生命有着永久的意义。

编者强调，书评要多多注意作品本身的价值和意义，作者的地位和身价，尽可忽略。即是说：“我们对于作品要有偏见，对于作者没有成见；无名和有名的作家，新进和旧进的作家，我们一视同仁。一个时代是过去了，那个时代的书未必全部过去了，流传下来的书往往不但没有过去，而且甚至更有价值了，更有意义了，所以新刊需要注意，旧刊也得不能忽略。”

《小书人》专发精短书评。“有许多书无需长篇大论，只要简短评述；有许多书一时无法畅论，却应该暂且粗粗说说；有许多书现在没有机会细评，却先想告诉大家一个详细的简单；有许多书别人可以有魄力写书评，自己只有灵感说一两句玲珑精彩的话……”因之编

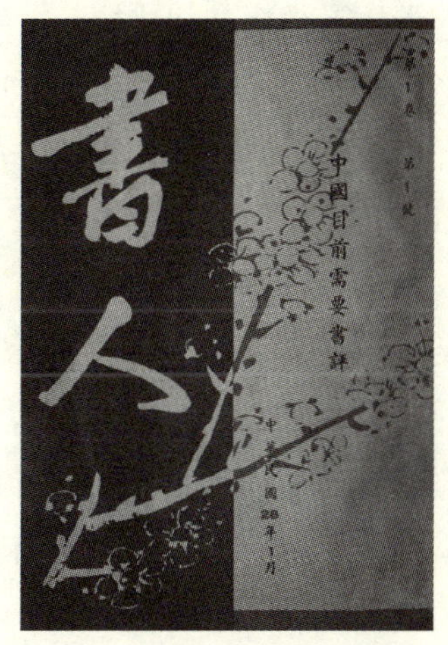

《书人月刊》第一号刊影

者说：《小书人》是“大家随手写下十来个字，百十来个字，最多五百，七百”的短章，轻快，干脆，方便，范围不限古今中外。

评论期刊报纸的《期刊书人》，显示了杂志的独特视角。“谁都有一份两份三份时常心爱的杂志，终年亲近的报纸吧，为什么‘心爱’呢？为什么‘亲近’呢？请告诉我们大家吧。”“好的期刊，如好书一样，我们应该拥护，坏的期刊，如坏书一样，我们应该打倒”。

《书华》《文华》《评华》分别是书的精华、论文的精华、书评的精华。《书人文选》选录有关书评的文字。

《论文》主要发表作家和作品的研究，重要问题的研究和讨论，年谱、考证等。《杂文》刊发种种有关“书”和“书与人”的散文，序、跋、书志、人志、读书杂感、读书随笔、书市记、访问记、印象记、回忆记……都在容纳之列。

《论坛》代表杂志同人的态度和意见。《读者　作者　编者》是谈话交流的平台。《消息》《通信》《讨论》《统计》《调查》等，尽量提供与书有关的有意义、有趣味的信息。《书评索引》和《每月新书选目》的编制，给了读者绝大的方便。

《书人月刊》至1937年3月第三号结束。虽然只有三期，但内容丰富，书评占的比例最大。专文评论的既有《现代欧洲外交史》《中国婚姻史》《中国陶瓷史》等学术著作，也有老舍的小说、卞之琳的译作。评论茅盾和陈铨创作的常风（1910～2002），别名常镂青、常荪波。山西榆次人。1933年清华大学西洋文学系毕业，后协助朱光潜编辑《文学杂志》，撰写书评。一位活跃在二十世纪三四十年代很有影响的书评家。《期刊书人》中的《一九三六年中国自然科学期刊》，巡阅科技期刊，门类众多，视角新颖。《书人文选》朱光潜的《论书评》，《书人论坛》王了一的《做书评应有的态度》，无一不是学者的经验之谈。《书人月刊》受到学界欢迎，作家也是编辑家的孙伏园读后写文说：十分满意刊物“执笔者之多，所评范围之广和执笔者态度之诚恳”，“编辑者工作的勤快，精神的兴奋，态度的积极”，所表现的一种少年气概，使他特别钦佩。（《读〈书人月刊〉》）

《书人月刊》夺人耳目的是创刊号上主编蒋弗华的长文《青年思想独立宣言》。一个书评杂志刊登这样的宏论已属破例，尤其是文前有编者的赞誉：文章“所以重要，因为觉悟，一种光彩的觉悟!”文后又有编者的注文，说明这篇文章在“本刊和《学生与国家》半月刊分别发表”，如此一来，显得非同一般了[①]。

这样，本文的话题要从《书人月刊》，说到1936年秋天北平共产党内学生运动领导核心的斗争。

蒋弗华（也作蒋茀华），即蒋福华，清华大学九级（1937年）社会系的学生。他在《青年思想独立宣言》中说：今日中国，“中国的青年迫切地需要教育，需要最健全最有效能的教育”。他呼吁文化界“停止一切制造名词，搬弄观念，歌颂偶像的工作，也停止一切足以诱发青年浅薄的感情，汩没青年的理性与自我的说教”。他认为，“青年人朴茂倔强的生命，泼刺果敢的精神”

曾经爆发为“一二·九”运动，但“青年运动必须让真正的原始的感情支配”。“切莫告诉我们许多的不相干的名词与观念；切莫让我们知道你们是一些左派或是右派。我们懂得的东西诚然太少，我们的信念也实在单纯，你们那些好的理论只有使我们茫然失措；我们毫不为政治而政治，不要在左派与右派之间选择谁某，所选择的只是中国民族的生和死”。因此，他吁求全国青年“赶快抛弃一切不健全的思想和信仰，走上救亡运动的道路”。“莫再傍人门墙，好回到自己的天真，认清自己的愿望，树立起自己的意见”。

刊登《青年思想独立宣言》的《学生与国家》杂志，是蒋弗华和他的朋友徐芸书（即徐高阮）合编的半月刊。1936年10月创刊，同年12月停刊。蒋和徐都是北平学生运动的领袖人物。徐高阮（1914～1969），字芸书。浙江杭县人。清华大学哲学系学生，清华最老的一批共产党员之一，曾任中共北平市委组织部长、宣传部长等要职。《青年思想独立宣言》发表前后，徐芸书发表了《论无条件的统一》，提出“无条件统一”的口号，“要求全国的一切力量，各方面的政治、军事、经济、社会力量，在大患之前无条件的统一起来”。他还和黄刊（即王永兴）发表了《论共产党问题》，声称：

发展中国共产党所领导的群众组织就是“有党派的狭隘的色彩”，就是“民众运动中间的宗派主义”，就是“反统一反民主的腐败思想的产物”。

蒋和徐的文章表达了与正统革命不同的观点，反映了清华大学共产党组织中徐芸书为首的元老派与蒋南翔、李昌等少壮派的斗争。中共北方局对此极为重视，彭真做了大量的工作，刘少奇撰写了《民族统一战线的基本原则》《论左派》等批判文章，斗争的结局是徐芸书等被开除出党。

“一二·九”运动史历来都认定徐芸书等的言行为“右倾投降主义”，但是近年也有不同的声音。学者赵俪生1934年入清华大学，先后加入“左联”和中华民族解放先锋队，是当时清华学生中的左派。他说：徐、蒋洞察了“左”倾关门主义的危害，“在反关门主义的时候，他们可能有过游离开‘大局’的一偏之见，这在今天显然是允许的，在当年也不过是一种‘不同政见’而已，远远够不上什么‘投降主义’”。(《记被〈一二·九运动史要〉说作是“右倾投降主义者”的一伙人》)同是当年清华左派学生的作家黄秋耘，在回忆录《风雨年华》中说到清华大学这次党内斗争：“我觉得，元老派的某些主张也未尝没有点道理，他们的最大错误只是在敌人面前把党内的原则分歧公开了出来。”

徐芸生后去西南联大历史系读书，成为陈寅恪门下最有贡献的学者之一。1949 年去台湾，1969 年因病去世。

蒋弗华，知道的人就很少了。据于光远回忆：“一二·九”运动时期，他在“南下扩大宣传团”的清华同学中，结识了一些很谈得来的人，其中就有蒋弗华。于说：蒋“是个颇有才能，也很会写文章的人。我同他也交上了朋友。后来他跟着徐高阮（徐芸书）对党的路线政策不满。1937 年春，我从广州到北平，一次去清华见到了他，他在我面前讲了一些不满党的意见，并且说要成立 NEWCP（新共产党），希望我同他合作。我和他争论了一场，他恍然大悟地说：‘原来你也是毛泽东他们那样的看法。’两个人就谈不下去了”。（《青少年于光远》）

赵俪生说，蒋弗华是他在清华大学时最接近的同学，山西晋城人：

> 他个儿不高，一头鬈发，一脸小圈腮胡，连圈腮胡也是卷曲的。小眼睛，戴一副小眼镜，穿一身旧棉袍，走起路来有点像鸭子般的迈步，稍嫌拖拖

拉拉，其实这是在摆着一副名士派头。他说话非常幽默，带有极辛辣的挖苦，不习惯的人会受不下去。例如有一次，他兴高采烈地跑到我房中来，问我和郑庭祥（郑天翔）什么时候死，因为他已为我二人想好了一副挽联，上联是“肖洛霍夫，绥拉菲摩维支，马雅可夫斯基”；下联是“Moscow News，New Masses，International Literature（《莫斯科新闻报》，《新群众》，《国际文学》）”。这些，正是当时我和郑最热心翻译的对象。蒋这样做，不过在讽刺我和郑当时表现得“左的可爱”而已。

赵俪生回忆：1939 年夏的一天，他和蒋弗华在西安马房门生活书店书摊边邂逅，两人在莲湖公园的茶座有一次长谈。“当时谈的是我想写一部《欧洲十九世纪文艺的神髓》，被他大大挖苦了一番，意思是皮毛还未抓住，一上来就是什么‘神髓’?!”料想不到的是，这次见面竟成永诀：“分别以后，他就返回晋城探亲，据说在距家一日路程的地方（指阳城——引者）被暗杀了。什么人杀的？这怕是千古之谜了。因为当时当地驻军很复杂，八路军有，山西新军有，国民党军有，阎锡山部队有，日本特务也有。1948 年我重过晋城打听，事隔九年，人们竟连个影子也没有了。像湖底泛起的一个水泡，它永远永远地破灭了。”（《记被〈一二·九运动史要〉说作是“右倾投降主义者”的一伙人》）

---

①《书人月刊》创刊号以《中国文化界最近两个重要宣言》的大标题，刊发两篇文章，与《青年思想独立宣言》同时刊出的是炯之的《作家间需要一种新运动》（副题是“反‘差不多’运动”）。炯之，沈从文的笔名。《作家间需要一种新运动》直陈文学创作中普遍存在的“差不多”现象：翻翻看近几年来多数新出版的文学书籍和流行杂志，“觉得大多数青年作家的文章，都‘差不多’。文章内容差不多，所表现的观念差不多”。这在“非有独创性不能存在的文学作品上，恰恰见出一个一元现象”，其产生的原因：“说得蕴藉一点，是作者们都太关心‘时代’，已走上了一条共通必由的大道。说得诚实一点，就是一般作者都不大长进，因为缺少独立识见，只知追求时髦，结果把自己完全失去了。”文章原发表在1936年10月25日《大公报》的《文艺》副刊，《书人月刊》转载时作者又作了修改，可见作者和编者的重视。沈从文的观点引起众多的左翼作家的批评。

《文艺战线》与何其芳、卞之琳、沙汀

《文艺战线》为双月刊，1939 年 2 月 16 日出版。

创刊号目录下面有版权记录，照抄如后：主编周扬。编委会：丁玲、成仿吾、艾思奇、沙克夫、沙汀、李伯钊、何其芳、周扬、柯仲平、荒煤、刘白羽、夏衍、陈学昭、卞之琳、周文、冯乃超。发行人：夏衍。出版者：文艺战线社。通讯处：延安文化界救亡协会转。总经售：生活书店。每逢十六日出版。零售每册二角五分，外埠零售每册二角八分。

“《文艺战线》在战争的烽火中诞生了。”周扬在《我们的态度》中说，“正如它的名字所表示出的，它是一个战线，整个抗日民族统一战线的一部分，民族自卫

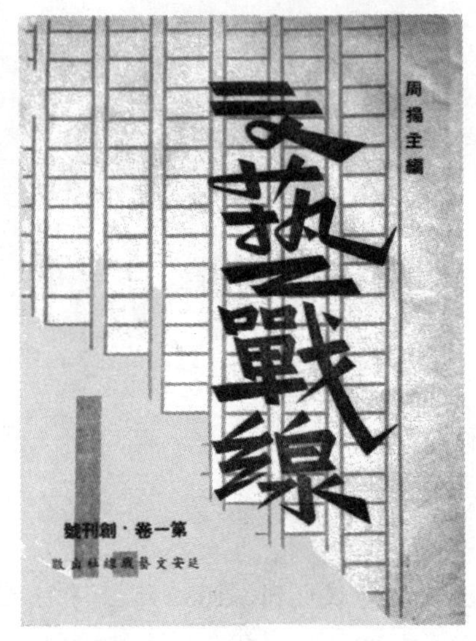

《文艺战线》第一期刊影

战争的意识形态上的一个战斗的分野。”这篇六千字的发刊词，周扬阐述了中共在文艺界统一战线、文艺创作对作家的要求等问题上的基本态度。“我们对创作上的主张是以现实主义为依归。”“创作上不需要有定于一尊的公式，这样的公式对于作家反而是一种桎梏”。鼓励作家到前线去，指出作家正确世界观获得的重要。

杂志维持了一年，1940 年 2 月 16 日终刊。第六期有编者的《启事》，文后的写作日期为 1939 年 10 月 10

日。“我们终于编出了这刊物的第一卷的最后一期。”编者说，检查刊物的主要缺点是：“经常的脱期；理论批评的稀少；编排的粗率。”鉴于刊物或长久或短暂的脱期，“我们觉得不如改成一个时间间隔较长的季刊。我们将尽力做到使它能按期地和读者们见面。它的字数将多一些。它一般的质量将更提高，每期要不缺乏理论、批评和书评，而且长到四五万字的作品也一期登完，不让它有连载。希望它能够使读者们愿意保存，而且便于保存。希望它能够把抗战中的一些重要的文艺成果保存在里面。”不过，这个愿望在抗战的艰苦环境中也难以实现。

《文艺战线》主要栏目的作者有：

小说：荒煤、刘白羽、刘祖春、野蕻、严文井、梁彦、白晓光、丁玲、金曼辉、孔厥、力群、雷加、李清泉、魏伯。论文：周扬、艾思奇、成仿吾、陈伯达、张振亚、何畏。人物印象、人物特写、报告速写、散文：沙汀、黄钢、何其芳、卞之琳、严文井、柳青、贾嘉、康濯、刘亚洛、梅行、贾嘉。诗：骆方、陈学昭、田间、天蓝、柯仲平、萧三、贾芝、鹰潭。另有老舍的通信，克夫的译文，胡考的讲演文学，冼星海、罗思关于音乐和美术的文章。

发刊词申明："《文艺战线》不是同人杂志。""它是所有站在民族立场上的作家的共同地盘，他们互相来往、互通声气的精神的桥梁。"编者又说："由于地域的隔离，交通的不方便等原因，我们没有能够做到使这刊物成为全国的作者们发表作品的地方。六期中的作者差不多都是在延安的和在华北战场的。"（《启事》）不过，有三位作家却是例外，他们是何其芳、卞之琳和沙汀，在《文艺战线》创刊之前，结伴从成都去延安。

何其芳（1912～1977），四川万县（今万州市）人。1935年清华大学毕业，先后在天津、山东教书。抗战爆发后回到家乡万县，1938年初奔赴成都，任中学国文教员。前一年秋冬之际，何其芳的好友卞之琳也到成都。卞之琳（1910～2000），祖籍江苏溧水，生于江苏海门。1933年毕业于北京大学，编过杂志，当过教员。这时在四川大学外文系教书。何其芳到成都后结识了沙汀。沙汀（1904～1992），原名杨朝熙，四川安县人。共产党员。1937年10月离别上海，回成都在一所中学任教。两人早就相互闻名，学校相距不远，就彼此熟悉了。

何其芳、卞之琳和李广田出过诗合集《汉园集》，"年轻作者都崇拜叶芝、艾略特和瓦雷里，这体现了他们个人主义的倾向，但 1938 年对他们来说是动荡和煎熬的一年。多种因素的联合作用将迫使他们放弃原来非政治化的自由派立场”。这是美国学者汉乐逸在《发现卞之琳》中的分析，“一个因素是，他们突然脱离了文化相对发达的沿海城市，重新接触到内地令人震惊的落后状况。另一个因素是，面对日军的进犯，中国的政治形势迅速恶化，令人沮丧”。他们希望到一个新环境去，转赴抗战前方。这个新环境首选地就是延安。晚年卞之琳回忆此行目的：“大势所趋，由于爱国心、正义感的推动，我也想到延安去访问一次，特别是到敌后浴血奋战的部队去生活一番。”（《〈雕虫纪历〉自序》）[①]这时，何其芳听说沙汀要去延安，就和卞之琳找到沙汀。沙汀请示共产党组织同意，并由组织一起办理了各种通行证件。

1938 年 8 月 14 日凌晨，沙汀、何其芳、卞之琳和沙汀夫人黄玉颀一起离开成都。8 月 31 日到达延安。9 月初毛泽东接见之后，三位作家就兵分两路了。

卞之琳参加了延安文化界救亡协会组织的前方文化工作团，访问晋东南太行山区，随陈赓的七七二团辗转了半年。《文艺战线》第三期、第四期、第五期连载的《晋东南麦色青青》，就是他的长篇报告。“四条铁路

——正太、同蒲、平汉、道清——圈成了一个菱形地带：晋东南，连同一小部分的冀西和豫北”。这里虽然被日军占领，但抗战根据地的军民依然很活跃。卞之琳从垣曲开始，“斜向东北行，穿过阳城到长治”。五百里路，不知不觉地上了太行山区的脊梁。报告描绘了敌后的抗敌景象：阳城的战时动员、朱德总司令参加长治士绅座谈会、煤窑的生产、八路军和老百姓的合作……1939年1月1日完稿，虽然正值冬天，更大的冰雪还要到来，但晋东南的麦色青青。卞之琳确信：“一定的，春天也已经不至于太远。”其他作品有第一期的报告《石门阵》，第二期的诗《慰问信》（《给前方的战士》《给修筑飞机场的工人》），第四期与吴伯箫合写的短论《从我们在前方从事文艺工作的经验说起》。

沙汀、何其芳先是被周扬留在鲁艺教书。1938年11月19日，大雪纷飞，他们带领二十一个鲁艺的学生，随贺龙从延安去晋西北，以后又到冀中抗日根据地。1939年4月返回，7月才到延安。七个月的前线之旅，沙汀的主要工作就是访问贺龙，从而留下一部真实的记录。《文艺战线》刊出的沙汀作品，除了小说《联保主任的消遣》和评论《民族形式问题》，全部为写贺龙的文字。第一期《贺龙将军印象记》，是他与荒煤、

1938年8月22日，赴延安途中摄于宁羌图书馆前。左起沙汀、黄玉颀、何其芳。摄影者卞之琳的身影，投射在何其芳的夏布长衫上。

何其芳一起访问贺龙的“印象”。这是延安文协为即将创刊的《文艺战线》出的题目。第五期的《到华北前线去》，则是《贺龙将军在前线》的前三章，沙汀从人物的平凡细微处来表现人物的性格、气度、思想和情操。后以《随军散记》《记贺龙》等书名出版，广受好评。但二十世纪五十年代再版时，沙汀却大加删改。他后来回忆说：“我按照文学要反映‘本质’的观念，实际是‘为尊者讳’的传统观念，删去许多无顾虑的语言，使贺龙变得‘干净’。”遗憾的是，“干净”之后，就远去了真实。

何其芳与沙汀一起，随贺龙到了前线。《文艺战线》刊发的，是他随军所记的报告：第二期《日本人的悲哀》，写日本发动的侵略战争，正是日本人用血和愚昧书写着的悲剧；第五期《一个太原的小学生》，写一个十四岁小学生冒险逃离日寇占领下的太原，成为八路军战士；第六期《七一五团和大青山》，写八路军七一五团建立大青山抗日根据地。第五期的《论文学上的民族形式》，则是参加民族形式讨论的意见。

《我歌唱延安》发表在第一期，这是何其芳到延安后写的第一篇散文（当时也称作“报告”）。1938 年 11 月 16 日，踏上这块“年青人的圣地”（何其芳：《一个平常的故事》）不足三个月。此前几天，他由沙汀和另一人介绍，已被批准加入中国共产党。诗人迷上了延安的氛围，他说“延安的空气”是“自由的空气，宽大的空气，快活的空气”，“呼吸着这里的空气我只感到快活。仿佛我曾经常常想象着一个好的社会，好的地方，而现在我就像生活在我的那种想象里了”，“所以我们成天工作着，笑着，而且歌唱着”。

何其芳、卞之琳、沙汀同行到延安，本来都没有长留的准备。何其芳没有辞去成都的中学教职，卞之琳利用的是休假时间，沙汀为的也是文学上的原因，希望“住上三五个月，写一本像周立波的《晋察冀边区印象记》那样的散文报道，借以进一步唤醒国统区广大群众，增强抗战力量”。（《沙汀自传：时代冲击圈》）1939年4月，卞之琳回到延安，又在鲁艺文学系教了几个月的课。8月底返回成都，随四川大学南迁峨眉山。随后，完成了《第七七二团在太行山一带》的纪实小书的写作和续写十几首诗，足成《慰劳信集》。11月，沙汀也带着怀孕的妻子离开延安，回到四川，坚持写自己熟悉的生活。临走时，周扬交给沙汀的任务之一是将《文艺战线》转去重庆出版。何其芳则留在延安。

陕北秧歌舞　秦兆阳

从《我歌唱延安》开始，何其芳与过去告别。周扬《〈何其芳文集〉序》称“以刻意追求形式、意境的美妙，表现青春易逝的哀愁和带点颓伤的飘渺的幽思见长”的《画梦录》的作者，“满腔热情地毫不虚饰地表白自己对革命的一片忠诚”。今日论者贺仲明在《何其芳评传》中则认为：“人们能够记住何其芳的，并不是他花费了整个后半生主要精力的文学批评文字，而主要是他在二十几岁时创作的散文和诗歌。”诗人邵燕祥说：“他在文学写作方面，后半生再也没有真正的建树。刘再复曾命名为‘何其芳现象’，大抵是指以他为代表的一些作家诗人创作力萎缩的类似经历。”（《〈记忆辛笛〉序》）

《文艺战线》尚有两点“花絮”可记：

每期稿子周扬从延安寄给夏衍、冯乃超，再由沙汀整理，安排付印。在延安负责编辑的是严文井。严文井（1915～2005），原名严文锦，湖北武昌人。“七七”事变后到延安。1938 年底，“在鲁艺文学系任教的同时，他担任了《文艺战线》唯一的一名编辑。这本十六开的大型杂志，在延安编辑，先后在重庆和桂林印刷出版。”但六期的版权页从未显示重庆和桂林。实际上，是由生活书店在桂林出版的。（胡德培：《严文井：作家、编辑出版家》）

每期都有画页，刊载了沃渣、王式廓、力群、江丰、古元（署“古天”，疑有误）、焦星鹤等人的木刻，胡考的速写。其中秦兆阳的《陕北秧歌舞》风格拙朴，颇具汉画像石的神韵。秦兆阳原是延安鲁艺美术系出来的画家，后到陕甘宁边区保安处编《锄奸画报》，自编自画。当年的《五十年代》杂志和《晋察冀画报》都有他的画作发表。后来成为著名作家，文名遮掩了画名。

---

①卞之琳晚年在《人尚性灵，诗通神韵：追忆周煦良》中也说到延安之行。1937年春天，他好不容易把在避乱退隐又即将成为沦陷区的老家乡下的女友催劝“出山”到成都来。重聚不久，即去延安。好友以为他与女友就此分手。卞之琳给出的答案是：“我这番出行，并非好像部分为了私生活上的什么挫折，而是多少相反，倒是女友当时见我会再沉湎于感情生活，几乎淡忘了邦家大事，不甘见我竟渐转消沉，虽不以直接的方式，给了我出去走走的启发。方向则是我自己选择的：投身到前方为国家存亡、社会兴衰的现实问题而出生入死的千百万群众中一行，以利于我当时和日后较能起点积极作用，同时也就是接受考验和锻炼。”这里说的“女友”，指的是张充和。卞之琳的说辞好像不是事实的全部。因为据有关资料，成都相聚后两人之间确有过不快，张充和出走青城山住了十多天。所以，不能排除卞之琳的“出去走走”有与私生活有关的情感因素。他在文中强调出行“并非给我标志了一种出家式的悲凉”，但紧接下来却又写了这样一段：“当然在1937年春末，是另一种情况：我与友好中特殊的这一位（指张充和——引者）感情上达到了一个小高潮也就特别爱耍弄禅悟把戏，同时确也预感到年华似水，好梦都过眼皆空的结局，深感到自己也到了该‘结束铅华’的境地了。”

刀与笔社和《刀与笔》

1939 年 12 月 1 日，《刀与笔》创刊号出版。十六开本。编辑兼发行者刀与笔社。

抗战初起，杭州在 1937 年 12 月沦陷。国民党浙江省政府迁往永康，文化机关设在金华。大批文化人云集，报刊林立，文化丰盛，金华一度成为东南的文化中心。1939 年冬天，万湜思、章西厓、张乐平等组建了刀与笔社，合编《刀与笔》月刊，社址设在金华东岳殿街三号。

创刊号《社语》栏中《我们的“新约”》就是创刊词，一篇激荡人心的血性文字。

编者说：为什么拿刀与笔？第一个理由，是我们

"有"。有"刀与笔"：

> 说来简单，"有一分热，发一分光"，有什么，便发挥什么，只要它对于目前的民族解放战争有所裨益。我们呢，此刻（只说此刻）怕难得有别的更好的贡献可以捧给祖国的吧，除了有完全的生命力，还有使用熟习的刀与笔。于是我们不以为窳劣地拿起了这现成的武器；也想发扬一点可能有的火力。

第二个理由，是因为我们"没有"。没有"刀与笔"：

> "康健的人用不着医生，有病的人才用得着"；有所缺少，便有所需求。祖国底东南隅，执刀与执笔的一群，感觉正缺乏一方足供尽其所能的园地。于是艰辛地创刊了《刀与笔》。

编者指出，刀与笔的任命："抗战现阶段，配合各战场的军事反攻的对敌政治反攻，于是成为急要，即是说：我们不但将以血肉攻城，从魔手中收复失地，而且

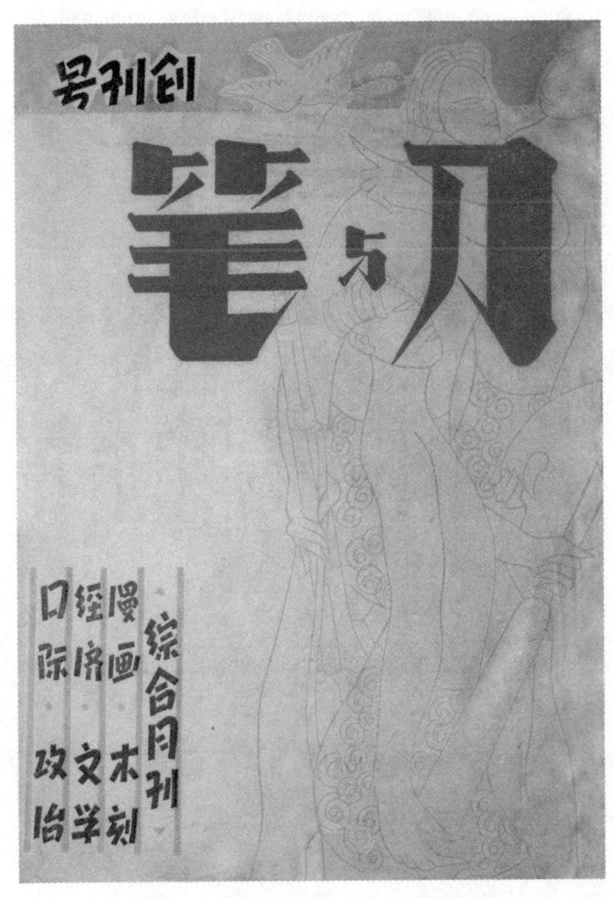

《刀与笔》创刊号刊影

要竭尽智力攻心，从地狱中，争回民众，而且惟有人心——即灵魂的决胜，才能决定炮火的战果!”刀与笔的使用：我们的刀决不杀无辜的人，我们的笔决不骂自己的弟兄。“我们分明憎爱。有所憎绝，乃有深爱”。“今天主我们的上帝乃是我们整个的民族，我们底旗帜，我们前线为国舍命的千百万战士。我们必尽心尽性尽意的给以无私的爱和赞美”。

文末，编者表示：“我们这一伙：执刀与执笔的，为了达成突围的本位任务，齐一了笔锋与刀口。”与残酷的日寇搏斗，与汉奸卖国罪，尤其是“汪派”及一切挑拨离间的奸徒搏斗：

> 我们一面对敌搏斗，一面更磨炼自己，搏斗为的生存，磨炼为的成长。
>
> 我们以木板稿纸作砧座，刀凿笔枝作炼锤，我们从深藏的脑穴里掘出矿砂，在“艺术”的火炉中熔冶，再熔冶，在“理论”的冷冽中淬砺，再淬砺，为的执着的武器更硬朗，为了要求它发出的“火力”更强大!
>
> ……
>
> 弟兄们啊，伸出你们底手！我们今天是数十

个，明天将是无穷无尽！Amen!

全文每一部分都引用马太福音的经文作为议论的基础，并给以崭新的诠释解读，从而成为我们抗日文化战士的“新约”。

主编万湜思（1914～1943），原名姚思铨。浙江桐庐人。初中毕业考入浙江师范，酷爱文学、美术，课余学习英语并精通世界语。“万湜思”三个字就是世界语Vendis（“献出”的意思）的译音。万湜思是诗人，马雅可夫斯基作品在中国最早的译者。抗战前，二十三岁的万湜思就译出了马雅可夫斯基的长诗《呐喊》，由上海现实出版社出版。他又是木刻家，1939年与野夫、金逢孙等成立浙江省战时木刻研究社，被推为副会长。1941年出版木刻集《中国战斗》。他主编的刊物除《刀与笔》外，先后有《大风》《新力》和《浙江日报》的副刊《文艺新村》。战时兵荒马乱，万湜思肺病愈来愈重，1943年12月去世，年仅二十九岁。二十世纪五十年代，上海三联书店出版了万湜思翻译的马雅可夫斯基诗集，冯雪峰写了《关于译者》，热情称赞他“是一个谦虚、认真、外表上很温和而内心是热烈的、样子文弱清秀而意志和精力都坚韧的文艺工作者”。

《刀与笔》编委的人数说法不一，但下列几位毫无疑问是刊物的中坚。

张乐平（1910～1992），浙江海盐人。1935 年以创造了三毛的独特形象而知名。抗战开始，他与上海漫画界一些同人组成抗战漫画宣传队，用漫画的形式向民众宣传抗日。从上海出发，先后至南京、武汉、休宁、长沙、桂林，1939 年秋到了金华。张乐平参与了刀与笔社的活动和刊物的创办与编辑。

起來！不願做奴隸的人們。　李樺作

編輯兼發行　刀與筆社

定價　每册二角五分（外埠加郵）　半年一元二角　全年二元三角（國內郵費在內）

中華民國廿八年十二月一日出版

《刀与笔》创刊号版权页

章西厓（1917～1996），原名章凤升，笔名艾士、西艾士、哀士、西哀士等。祖籍浙江绍兴，生于杭州。1936 年考入国立杭州艺术专科学校。抗战开始即离校从事艺术宣传工作。1940 年参加了张乐平的漫画宣传队，后到上饶为《前线日报》编辑《星期漫画》副刊。擅长漫画、木刻和装饰画。爱文学，有戏剧及诗作发表。

金逢孙（1914～2005），浙江丽水人。1930 年入上海美专，在校与张望等组织美术进步团体“MK 木刻研究会”，投入新兴木刻运动。抗日战火燃起后，主编《解放漫画》，编辑《抗战画报》。与野夫等组织“浙江省战时木刻研究社”，在丽水创办“战时木刻研究社第一期木刻函授班”。编辑《战时木刻》和《木刻丛集》等刊物。

项荒途（1915～1942），原名项寿海，浙江浦江人。1937 年去延安入鲁迅艺术学院学习绘画。后返乡，开展抗日救亡活动。继到金华，在中共中央东南局文化工作委员会领导下，任《浙江潮》《刀与笔》编辑，创作大量木刻作品。后调皖南新四军军部。1942 年冬，受组织派遣自苏北回浙东，途经盐城遭日本侵略军杀害。

冼群（1915～1955），祖籍广东南海，生于湖北武

带着没有被炸毁的　万湜思

军民合作　万湜思

昌。爱好戏剧，南京国立戏剧专科学校毕业。1937年后历任抗敌演剧第七队队长，剧团编导，影片公司编剧、导演。1949年后，导演有《女司机》《龙须沟》等影片。

匡辛芜（生卒年不详），中共党员。1937年任《青年团结》周刊主编。

《刀与笔》封面标出“综合月刊”，“漫画，木刻，经济，文学，国际，政治”。这一“综合”的特色以创刊号为例，主要表现在两个方面：

第一是内容的多样化。文学作品有小说（王西彦的《或人手记》）、诗歌（绀弩的《收获的季节》）、杂文（耳耶的《现在中国人为人的道德》）、剧本（冼群等的《代用品》）等多种体裁。文学之外有政治、哲学、经济、军事的内容。黄沙的《论浙西经济进攻》、艾平的《刘二富抗战——谈必然性与偶然性》、枕石的《青年工作问题和受训问题》、王一先的《游击区的医疗工作》）等。《敌寇眼中的汪派》集中摘录日本杂志上关于汪精卫、褚民谊、周佛海的文字，从主子对奴才的评注中暴露汉奸的丑恶嘴脸。译文有黄源翻译的史沫特莱的《论鲁迅》。乔木的《我们怎样观察欧战》是对欧战局势的分析。乔木，即乔冠华（1913～1983），江苏盐城人。

早年留学德国，获哲学博士学位。这时在香港编辑《时事晚报》。乔冠华归国之后，为《时事晚报》《世界知识》等报刊撰写了大量国际关系的社论和述评。他以丰富的军事、历史、地理知识剖析战时国际关系，极具宏观把握的前瞻性，见解独到，文笔潇洒，很受读者欢迎。柳亚子的女儿柳无垢当时也在香港，与乔冠华时有过从。1940 年 9 月 2 日，她在致父亲的信中说："在看乔木的一本国际分析，是他在 1939 年中的许多文章合起来的，极分析得透彻。"乔冠华的老友徐迟四十年后谈到当年的阅读感受，仍念念不忘："那全球规模的力量对比，无数次往返进退的钳形攻势、迂回包抄的战略与战术，他是广博而深入地写出了战争进程。"（《祭于潮》）

第二是绘画占很大比重。创刊号内文四十二页，绘画作品（主要是木刻和漫画）有三十幅之多。叶浅予、张乐平、陆志庠、麦非的宣传画、漫画，李桦、万湜思、金逢孙的木刻都很有鼓动性和号召力。一篇《代用品》就有六幅插图。章西厓设计的封面独创一格。画面没有血与火的愤怒呐喊和誓死战斗，只是三个手持钢枪的青年，神情从容镇定，但蕴含巨大的张力。其中一位女青年遥指衔着橄榄枝的白鸽，正在向同伴诉说，给了读者丰富的想象空间。画家精于单线表现，运笔从容，线条流转自如，圆润柔媚。编者还重视绘画理论的指导和经验的总结。如李桦的《木刻工作者怎样修养自己》和赖少其的《抗战中的中国绘画》，都是这样的文章。《漫画漫话》则是一次“美术小座谈”的记录，肯定“漫画是绘画中的活泼的具有生命的形式，本身具有战斗的前进的意识，以强烈的讽刺、暴露和严谨的批判态度，负起纠正一切不良现象的任务。并启示时代正确的趋向，而以经济的（物质，时间，人力）手法去达到它所期望的目的”。《木运广播》简要地报道了桂林、香港木刻展览、湖南《诗与木刻》出版等木刻运动的信息。

《刀与笔》出版后得到作家和画家的有力支持。除了创刊号上的作者之外，作家冯雪峰、邵荃麟、葛琴、范长江、骆宾基、巴金、丘东平、金仲华、孙用、恽逸群、辛劳，画家赖少其、刘建庵、汪子美、野夫、陈烟桥、黄新波等都有作品发表，可见阵容之盛。

《上海图书馆馆藏近代中文期刊总目》载，《刀与笔》从创刊号到 1940 年 2 月的第三期，共出三期。范泉主编的《中国现代文学流派词典》则说：“共出四期，在 1940 年出版第四期时，绝大部分刊物被政府当局没收，刀与笔社也停止了活动。”

《大风》中沈从文的“梦”和“摘星”“看虹”

沈从文的《摘星录》和《看虹录》，一直是沈从文研究中的疑案。

几十年来，人们始终没有看到据说收录这两篇作品的《看虹摘星录》，最后连是否真有这本书也众说纷纭。二十世纪八十年代后出版的《沈从文文集》收录了《摘星录》和《看虹录》，事情似乎有个结果。但读者和研究者又心生疑惑：两文在 1944 年已受到左翼的批评，被指为有色情倾向，1948 年郭沫若判为“桃红色”文艺的代表作。但就读到的文本（尤其是《摘星录》）而言，却感到与郭的定性距离不小，指斥作者“作文字上的裸体画，甚至写文字上的春宫”也未免言之过甚。

这一扑朔迷离的“摘星”“看虹”之谜，直到2009年才有了谜底。学者裴春芳检索《大风》杂志，发现了沈从文的三篇作品，著文指出：《沈从文全集》所收的《摘星录》，是沈从文移花接木用另一作品《梦与现实》替代；所收的《看虹录》也非原刊，且有较大的修改。真正的《摘星录》另有其文，但被沈从文长期有意遮蔽，《沈从文全集》及各种作品集均未收入。（《虹影星光或可证——沈从文四十年代小说的爱欲内涵发微》）

《大风》是抗战时期在香港出版的一个以文史为主要内容的刊物。1938年3月5日创刊，十六开本。初为旬刊，1940年1月5日第五十九期后改为半月刊。1941年冬，太平洋战事爆发停刊，出版至102期。办刊初期署“社长林语堂、简又文，编辑陶亢德、陆丹林”，后署“社长简又文，主编陆丹林”。简又文（1896～1978），广东新会人。常用笔名为大华烈士。岭南学堂毕业，留学美国。曾任燕京大学教授。1949年去香港，任香港大学研究员等职。陆丹林（1896～1972），广东三水人。早年参加同盟会，后入南社。曾任上海中国艺专、重庆国立艺专教授。两人先后创办并编辑《逸经》《大风》。

沈从文在《大风》发表的作品均署名“李綦周”，

这是他极少使用的一个笔名。

第一篇《梦与现实》，文前有编者加的一段按语：

> 李綦周先生，是国内一位素负盛名的作家笔名，读者们不难从他的笔调上，来推测他的真姓名。本篇文字有两万左右，分期发表。望读者不要忽略。

篇末作者记录的写作日期和地点是“廿九年七月十八四川峨眉山”。《梦与现实》连载于当年（1940年）《大风》第七十三期、七十四期、七十五期、七十六期，出版时间分别为8月20日、9月5日、20日、10月5日。1942年，沈从文改题《新摘星录》，发表在11月22日、29日、12月6日、13日、20日昆明出版的《当代评论》第三卷第二至六期。署名沈从文。文后的写作日期分两行书写：“廿九年七月十八写　卅一年十月末改写”。《当代评论》为一个综合类周刊。1941年2月在昆明创刊，1944年3月停刊。沈从文后又改《新摘星录》为《摘星录》，在1944年1月1日桂林出版的《新文学》新年号即第一卷第二期刊出。署名沈从文。文后的写作日期又加了一行：“三十二年五月重写”。1943

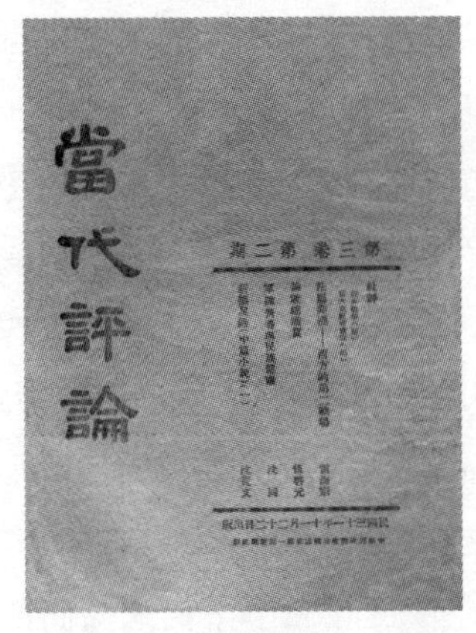

《当代评论》第三卷第二期刊影　　《新文学》1944 年新年号刊影

年 7 月 15 日创刊的《新文学》月刊，只出四期，1944 年 5 月 15 日终刊。《沈从文全集》编者编入第十卷的《摘星录》，就是依据《新文学》文本。

第二篇《摘星录》，1941 年，《大风》分三次在第九十二期、九十三期、九十四期连载，出版时间为 6 月 20 日、7 月 5 日、20 日。文后《后记》注出："时民国三十年五月十五黄昏，李綦周记于云南"。

《摘星录》刊出不久，11 月 5 日出版的《大风》百期纪念号上一次刊出了《看虹录》，这是第三篇。篇末有"三十年七月昆明"的时间和地点。1943 年，沈从文以"上官碧"的笔名，又在 7 月 15 日出版的《新文学》第一卷第一期刊出《看虹录》，篇名未变。后依据《新文学》文本，编入《沈从文全集》第十卷。

三篇作品都是以“一种融合了梦想与真实因而亦小说亦散文亦戏剧独白等相杂糅的文体”，写“难忘的爱欲记忆和无忌的爱欲想象”，“沈从文在这些作品中确实程度不同地注入了相当私密的情感和想象，而写法也异乎寻常的越轨和大胆”。（解志熙：《爱欲抒写的“诗与真”——沈从文现代时期的文学行为叙论》）

《看虹录》一般认为是沈从文写三十年代末与高韵秀（笔名青子）的婚外恋情。沈从文去西山熊希龄的别墅，见到当时在熊家任家庭教师的高青子，两人遂有密切的交往。“小说叙述人是一个作家身份的男子，他在深夜去探访自己的情人。窗外雪意盎然，室内炉火温馨，心灵间早有的默契使他们愿意在这美妙气氛中放纵自己，在一种含蓄的引诱和趋就中，二人向对方献出自己的身体。小说中有性描写，有对女性身体的细致刻画，但都十分含蓄隐晦，一切使用意象。”（刘洪涛：《沈从文小说中的几个人物原型考证》）论者称《看虹录》“笔致较为隐晦，写实的色彩淡化，典喻的色彩更浓，叙述的方式亦更为唯美化、象征化。”（裴春芳：《虹影星光或可证——沈从文四十年代小说的爱欲内涵发微》）桂林《新文学》刊出时，沈从文对《大风》的初刊本做了修改，一个最重要的变动是第一节“我谨谨慎慎翻开那本书的一页，有个题词，写得明明白白：神在我们生命里”。这里“神在我们生命里”一句题词，初刊本中则是一段文字：

> 这是一个生物对于另外一个生物所具有的一种幻象，情感荒唐而夸饰，文字艳佚而不庄。然而这就是“生命”。是生命最真挚的燃烧一种形式。尽管所写到的，如何与习惯所许可相远相违，不碍事的，“道德”与“艺术”常常不能并存，尤其是庸俗道德与纯粹艺术不容易混在和（似应是“混合在”——引者）一个作品里恰到好处。这个记录不足供多数人的取乐，却足给少数人的深思。少数中的少数，应当从这个猥琐记录中，见到一般经典所不常见到的一点说明，即“神”原本在我们生命里。

沈从文的作品常带有相当强烈的自传性，作者、叙述者与作品中某些角色几乎合一，因之论者认为：看虹、摘星，各有所喻。沈从文与高韵秀的情事在三十年代的文化圈中并不是秘密，《看虹录》写的是旧情，而《梦与现实》和《摘星录》则是写的新爱了。

《梦与现实》中的女主角“她”，是一个二十六岁的独身的美丽女性。她长期寄居在“老同学”家里，与“老同学”的丈夫（情人?）“老朋友”日益亲密，引起“老同学”的嫉妒以至离家出走。三人都为此痛苦。研究者认为，“她”很可能指的是沈从文的姨妹张充和，“老朋友”隐指沈从文，而“老同学”则是张充和的姐姐、沈从文夫人张兆和的化身。因为不是一般的风流韵事，作者有意写得深微隐曲，难以捉摸。与香港《大风》的初刊本比较，昆明《当代评论》刊出时的修改，除了一般的词语修饰和语义补充之外，有两点值得玩味：一是文中叙述者对“大学生”的描述。如，初刊本写“大学生”“站在门边笑着”，“把两只手插在裤袋里”，昆明本在“笑着”前加“谄媚的”，“手”前加“只知玩扑克牌的”，轻视和嘲弄的语气明显加重。文中当“大学生”从“她”手中抢去了一小朵白兰花后，接下来写“大学生”的神态，初刊本是“偏着个大蒜头，谄而娇的笑着，好像一秒钟以前打了一次极大胜仗”。昆明本改为“偏着个扁葫芦头，谄而娇的笑着，好像一秒钟以前打了一次胜仗，又光荣又勇敢”。桂林本又改

《大风》百期纪念号刊影

成“偏着个梨子头，谄而娇的笑着，好像一秒钟以前和日本人打了一次胜仗，争夺了一个堡垒，又光荣又勇敢”。比喻的内容逐步细化，但“大蒜头”“扁葫芦头”和“梨子头”一改再改，似乎区别不大，无非极言其丑，说明此乃“典型的俗物”罢了。文中说，“她觉得这是一种妒忌的回声”。二是时间和数字的改变。如初刊本"一首小诗是上一月临向百里外旅行时留下的"昆明本则改为"是上三个月临离开她时留下的"。初刊本中"她"给老朋友的信里一句"快有二十天不见你了"，昆明本改为"快有三个月不见你了"。特别是有关"她"阅读的三封旧信的交代。第一封，初刊本说："是那个习英国文学的留学生写的。编号三十一，日子一九三三年七月。"昆明本却改为"是那个和她拌嘴走开的大学生写的。编号三十一，日子一九三五年八月"。第二封稍长的信，初刊本这样写："编号第七，日子为四月十九日。"昆明本则是"编号第七十一，三年前那个老朋友写给她的。日子为四月十九"。第三封，初刊本的记述是"编号二十九，五年前三月十六的日子"。昆明本改成"编号四十九，五年前三月十六的日子。那个大学二年级学生，因为发现她和那两兄弟中一个小的情感时写的"。这类修改，是为了与"真实"有意趋近，或是故意拉远？缺少资料，不好悬揣。桂林《新文学》本保留了昆明本的修改，变动很少，但有所增补。如，"她"读了"大学生"的信之后，初刊本和昆明本只是写"信中不温柔处，她实在受不了"。而桂林本在这两句之后，加了一段："尤其是她需要那个为忌讳与误会沉默不声离开了她的老朋友，她以为最能理解她，原谅她，真正还会挽救她，唯有这个对她不太苛刻的老朋友。”突出和强化了对老朋友的怀恋。

《摘星录》写男女肌肤之亲、肉体之爱。暑热天气，夜静以后，女主人在客厅里等待客人的来临。开篇极力刻画女主角色相之美：“主人是个长眉弱肩的女子，年龄从灯光下看来，似乎在二十五六岁左右”。“镜中人影秀雅而温柔，艳美而媚，眉毛长，眼睛光，一切都天生布置得那么合式，那么妥帖”。“手白而柔，骨节长。伸齐时关节处便现出有若干微妙之小小窝漩，轻盈而流动。指甲上不涂油，却淡红而有真珠光泽，如一列小小贝壳。腕白略瘦，青筋潜伏于皮下，隐约可见。天气热，房中窗口背风，空气不大流畅觉微有汗湿。因此将纱衣掀扣解去，将颈部所系的小小白金练缀有个小小翠玉坠子轻轻拉出，再将贴胸纱背心小扣子解去，用小毛巾拭擦着胸部，轻轻的拭擦，好像在某种憧憬中，开了一串白（百）合花，她想笑笑。瞻顾镜中身影，颈白而长，肩部微凹，两个乳房坟起，如削玉刻脂而成，上面两粒小红点子，如两粒香美果子。记起圣经中说的葡萄园，不禁失笑。”小说继而写男女的性挑逗和性行为，尺度放大，笔触刻露。

因为是非同寻常的艳遇，作家铭心刻骨。也正因为非同寻常，作家讳莫如深。解志熙论及沈从文的这种文学行为，说："大概也只有两种解释：一、他的反复用《梦与现实》代替《摘星录》，标明他特别钟爱《梦与现实》，并试图以这种引人注目的反复发表的姿态来加强读者的印象；二、他的反复用《梦与现实》代替《摘星录》，乃是移花接木之策，表明他后来对《摘星录》心有忌讳，因而怕人知道和记住《摘星录》。应该说，这两种可能性并不是相互排斥的，倒可能共存且并行不悖的。"（《爱欲抒写的"诗与真"——沈从文现代时期的文学行为叙论》）

《文艺生活》的“鲁迅研究资料”

抗日战争时期，1938 年到 1944 年桂林是大后方的文化中心。当时的桂林街头，书报店和饭菜馆等量齐观。1941 年 9 月 15 日，又一个刊物诞生，刊名《文艺生活》。主编司马文森（1916～1968），原名何应泉，笔名有司马文森、林娜、耶戈、林曦等。福建泉州人，1934 年在上海参加“左联”。抗战爆发后，自广东韶关到桂林，参加文协桂林分会的工作，编辑书刊并创作。

《文艺生活》是个大型的文学月刊，以刊载小说、剧本、新诗、报告、杂感和翻译作品为主，评论为辅。但从 1942 年 1 月出版的第一卷第四期开始，《作家研究》栏目中陆续刊登关于鲁迅的文章：《鲁迅的对事与

《文艺生活》创刊号刊影

对人》《鲁迅眼中的敌与友》等，文章的副题是《鲁迅研究的资料断片》，作者荆有麟。

荆有麟（1903～1951），笔名织芳，山西猗氏人。他从山西到北京，1923 年进入刚成立的北京世界语专门学校学习，成为在这所学校义务兼课的鲁迅的学生。他第一次拜访鲁迅是请鲁迅为其修改习作。据《鲁迅日记》记载，时间是 1924 年 11 月 16 日。从此，荆有麟不断造访、写信，成为鲁迅在北京时期接触最为频繁的学生。荆有麟说，受鲁迅的鼓励，“无论写作或翻译，每篇都送给先生去过目。有时一个形容词不知道应该怎样表出，或者某一个字不知道该怎样写法”，“我便将它空起来，先生在看时，总是代为填进去”。（《〈鲁迅回忆〉题记》）世界语专门学校停办后，荆有麟经鲁迅介绍任京报馆校对。以后，他负责编辑《京报》附刊《民众文艺周刊》，曾发表了鲁迅的《战士和苍蝇》《夏三虫》等名篇。鲁迅创办《莽原》，荆是主力之一。“三一八”惨案后，鲁迅面临被通缉的威胁，避难的第一个去处“莽原社”，就是荆有麟住的地方。以后送鲁迅到山本医院、德国医院，接鲁迅家属离家躲避，甚至晚上住进鲁迅寓所，“代他们看家”，荆有麟无不尽心照顾。1926 年 8 月 26 日，鲁迅与许广平启程南下，荆有麟夫妇还到车站送行。这时的荆有麟是一个追随鲁迅左右的进步文学青年。

荆有麟回忆：“先生离开北京后，我也为了生活而到处奔跑起来。”（《〈鲁迅回忆〉题记》）两人见面的机会很少，但通信不断。他曾多次写信请鲁迅代为谋职，鲁迅也曾写信向蔡元培、易培基等人推荐。几年中间，荆有麟曾先后在南京办《市民日报》，在国民党中央党部工人部、国民党军第二十二独立师等处任职，已无意于文学的经营了。1929 年，荆有麟又几次要求鲁迅把他介绍给鲁迅的朋友陈仪。荆有麟的急迫态度，使鲁迅怀疑他是否别有所图。鲁迅回绝了。当天鲁迅致老友许寿裳的信里，流露出对荆有麟的不满和陌生感："因为他虽和我认识有年，而我终于不明白他的底细，倘与以保任，偾事也不可知耳。"鲁迅不能单凭旧的印象去向别人"担保"他了。

1931 年 7 月 16 日《鲁迅日记》记"得有麟信"，到 1936 年 4 月 18 日的《鲁迅日记》"得荆有麟信"的记载，两年有余，"荆有麟"这个名字不在《鲁迅日记》上出现，可见关系已经疏远。

鲁迅逝世后，荆有麟曾去上海拜谒鲁迅的陵墓。这时，他已谋求到国民党中央考选委员会科员的职务。他利用职务之便，佐助许广平等筹备出版《鲁迅全集》，为此而请托，奔走，并执笔写了回忆鲁迅的文章。荆有麟说：鲁迅死后某些"恶意的调侃"和"冰棒式的怪论"使他颇为愤慨，为免于鲁迅生前所悲哀的"文人的遭殃，不在生前的被攻击和被冷落，一瞑之后，言行两亡，于是无聊之徒，谬托知己，是非蜂起，既以自衒，又以卖钱，连死尸也成了他们的沽名获利之具”（鲁迅：《忆韦素园君》），因而“不忍写一个字有关先生的文章”。“二十九年冬天，某一个晚上，我在重庆附近乡间，遇见了久别的孙伏园兄。记得在谈到先生时，伏园说：‘好像还欠一批债没有清似的。总觉得关于先生什么，应该写一点出来。’”“于是我决意将我所接触的先生，借了记忆力所及，拉杂写出一些来，以供真实研究先生者的参考。这是三十年春天的事情”。（《〈鲁迅回

《鲁迅回忆》书影

忆〉题记》）从 1941 年开始，他的“鲁迅研究资料”，发表在重庆的《新华日报》《大公报》《中苏文化》《抗战文艺》和桂林的《自由中国》等报刊。《文艺生活》刊出的就是部分篇章。司马文森也是荆有麟这一系列写作的热情支持者。

荆有麟所写的主要是他二十世纪二十年代与鲁迅的交往。研究者统计《鲁迅日记》所记二人的交往，从 1924 年 11 月荆有麟首访鲁迅到 1936 年 4 月鲁迅收到荆有麟的最后一封信，共三百三十一次，其中 1926 年 8 月鲁迅离开北京之前的交往竟达二百一十八次。荆有麟说：那两年“几乎是每天，出入于先生之门。不特听多了先生的谈论与意见，也熟知了先生的日常生活同家庭情形，直到先生离开北京为止。”（《〈鲁迅回忆〉题记》）他以鲁迅亲近者的视角揭示了鲁迅的工作、生活、家庭，作品背景、人物原型、文学社团等内容。

《母亲的影响》中写周老太太对于儿子的爱护。诗人柯仲平第一次访问鲁迅，在书房朗诵诗稿，声音大而嘹亮，竟使先生的母亲大为吃惊。荆有麟回忆：老太太“便喊我立刻过去看看，并且还叮咛着：‘要是胡闹的人，让他走好了，不要大先生同他再吵了。’待我看到是在读诗，才回头告诉老太太，老太太说：‘可是个怪人吧？我听老妈子说，头发都吊在脸上，怕他同大先生打起来，大先生吃他的亏。'”母亲爱看书，鲁迅说对自己有影响："因为老太太要看书，我不得不到处搜集小说，又因为老太太记性好，改头换面的东西，她一看，就讲出来：说与什么书是相同的，使我晓得：许多书的来源同改装。"至于鲁迅的孝道，荆有麟记："常年四季，无论什么时候，都能从老太太房中，拿出各色各样的点心、水果或者其他零星食品。而且都是先生亲自在街坊买来的。"

《鲁迅的婚姻同家庭》写北京时期鲁迅家庭每天少有声音的寂静。朱安夫人曾对荆有麟的妻子说："老太太嫌我没有儿子，大先生终年不同我讲话，怎么会生儿子呢?"鲁迅南下后，荆有麟去上海探望，当时鲁迅和许广平住景云里。荆有麟说："这时候，先生的家，虽依然没有小孩。但即使无客人，也有说有笑了。"并由此引发一段议论："倘若家庭能影响一个人的思想同行动的话，那鲁迅先生在北平时，无论是写小说、散文、短评、论文，着重在对旧社会攻击者，那他当时的婚姻同家庭，不能说毫无关系吧？而以后在上海，——尤其是临死前数年，对于青年之指示方向，对于社会之开辟新路。谁又能说，与那有前进思想，又能诚恳工作的许广平，毫无关系呢？而先生本身，在绝望的家中同在有希望的家中的生活，那意义，也就不很相同吧？”

这类罕为外人所知的内容及细节，具有第一手资料的价值。

《〈京报〉的崛起》《〈语丝〉的发刊》《〈莽原〉时代》，是当事人亲闻亲历的记录，《〈呐喊·自序〉索引》《“金心异”考》，则是对鲁迅作品背景的阐释和人物的考辨。这些对中国新文学史的研究也有着参考意义。

荆有麟的结局，在与鲁迅熟悉的人中是特殊的一个。

1949年4月23日南京解放，10月9日荆有麟即被逮捕。10月11日《大公报》发了一条消息，标题是《彻底扑灭特务匪徒！／文化界大特务荆有麟／宁人民政府决予严惩／他伪装进步人士混进民主阵营／解放后潜伏南京进行破坏工作》。倪墨炎在《荆有麟的结局》中全文抄录了这一消息。消息称：“‘双料’特务头子荆有麟，是伪军统南京组少将文化组组长，兼中统南京区专员。解放前，受军统特务大头子毛人凤之命，为南京第一分组少将组长，决定潜伏南京进行破坏工作。他在解放前重庆时代即伪装进步文化人士的面目出现，混入文艺协会，中苏文化友好协会，专门盯梢文化界知名人士，尤其是对郭沫若、茅盾、夏衍、戈宝权、胡绳、乔木、阳翰笙、胡风、侯外庐、孔罗荪、宋之的、翦伯赞等。经常密告他们的行动言论，连同国际文化界友人的起居”，情报直送蒋介石。“他同时也曾跟踪周恩来、董必武、徐冰、陈家康、潘梓年等”。根据荆有麟的密告，国民党军委会政治部文化工作委员会被解散。特务机关根据荆有麟的密告而造成“失踪的、死亡的、被关到集中营的进步文化人士，难以计算”，荆有麟因此成为军统特务“最优秀”的人员之一。南京解放后，荆有麟以胜利剧团为掩护，自任经理，密设电台。指挥特务“在我各部门进行挑拨、离间、分化等颠覆性的活动。荆本人并企图在文化界利用其文协会员的身份进行活动，到处散布谣言”。消息最后称，“人民政府当场在其（荆有麟）住处搜出物证：（M. S.）特工发报机二座（20W、10W，皆可用），密码本八本；治安维持会职员名册，及伪造证件二十余种。人民政府对于荆匪决将予以严厉惩处”。1951 年 4 月，荆有麟被枪决。

荆有麟 1941 年至 1942 年写的回忆鲁迅的文章，1943 年 11 月由上海杂志公司在桂林出版，书名《鲁迅回忆断片》。1947 年 4 月，同一公司在上海重排出版，书名改为《鲁迅回忆》。1949 年 3 月，再次重印。马蹄疾认为：《鲁迅回忆》“虽然在描述和评论鲁迅上，不正确和错误的地方不少，但也保存了一些具体的材料，对研究鲁迅还不失为一本参考书。”这是鲁迅研究者的共识。

荆有麟另有杂文及随笔《流星》，1942 年 10 月桂林文献出版社出版；小说《间谍夫人》，1944 年 3 月重庆作家书屋出版，以及散见的杂文、随笔等。

《人间》与胡兰成

上海出版的杂志，有刊名《人间世》，也有刊名《人世间》。1943 年 4 月 15 日，又有《人间》创刊。人间出版社出版，十六开本，每期三十页。

主编吴易生在《创刊号后记》说：

> 《人间》完全是《人间》的面目，它虽然也是谈谈人间诸事，但不是提倡幽默；会幽默也未尝不是好事，但《人间》里却不大会说俏皮话的，也不会带泪的笑，有时遇到可悲的事情时，便认真的流下泪来，至于对可笑的事情，当然便哈哈哈了。

他坦言：

> “人间”二字的本身即具有感伤的情绪，所以我又猜想《人间》里大概很难听到有这样的笑声的，世间可以开心的事情其实少得很，以我个人而论，我近几年来的生活便全是在奔走，求生，绞脑汁，借债，空虚，失业，失恋里过来的，在这些花样里兜圈子的人，即使是最麻木不仁的，恐怕也不至于会笑。

吴易生，笔名吴亦生。十六岁进苏州美术专科学校从画家颜文梁习画，后留校任教。长年作为颜文梁的秘书，并帮助颜文梁撰写《美术用透视学》《色彩琐谈》等著作。擅画，散文朴实无华。吴易生的朋友胡金人在与《人间》先后出版的《风雨谈》杂志上，有《易生与〈人间〉》记吴易生：“他有热情，有毅力，做任何事情都非常认真，有一个时期《上海艺术月刊》许多技术上的事，差不多都是他负责，有时甚至经费也要他筹垫，他的勇于负责，和对事业的热忱，我是深切明了的。而且他常常说起目前出版的刊物，差强人意的似乎不多，一般的刊物差不多都有门户派别之见，甚至有其他作用，他觉得这种情形都是文化上的阻碍，常常表示遗憾。”一家之言会有溢美之词。文中有吴易生画像，为胡金人的作品。

《人间》一共只出四期，胡兰成先后有四篇文章刊载。

胡兰成（1906～1981），浙江嵊县人。1940 年任汪伪政府宣传部次长，伪《中华日报》总主笔等职。抗战胜利后逃匿，后定居日本。胡兰成向以文人标榜，舞文弄墨，《人间》及之后创刊的《天地》《小天地》等杂

《人间》创刊号刊影

志，都有他的散文随笔发表。

第一期《人间》首页是胡兰成的《人间味云云》。“所谓人间味，就是这么的如人饮水，冷暖自知。”胡兰成说，“要感觉冷暖才算是尝到了人间味。”要亲历。文中引《西厢记》句“将来的酒和食，尝来如土如泥；便是土和泥，也应有土气息，泥滋味！”认为“这种土气息泥滋味，只有田间的耕夫，与航海的陆地怀念病者能够懂得”。慨叹“‘少年哀乐过于人。’是乱世的激楚之音，但嬉皮笑脸则无论在乱世在盛世都是浮沫。长江之水，汲来煮饭，先得漾开水面的浮沫”。

第三期的《关于花》，开篇就说：“我是那么的缺乏对于花园的好感，而且对于‘名花’又是那么的没有欣赏的修养。”不喜欢花园，是因为“它使花和一切隔断了”。对名花没有多大好感，是因为“总是在公园里才看到名花的缘故”。他以为“花正因其娇媚，所以要带点野气”。“花大抵是宜于栽在地上的”，花盆大概是唐宋起才流行的，插在花瓶里从明朝起才盛行。“古代的人物画像，就难得看到茶几上搁两只花盆；而插花的瓶流传下来的也很难得有明清以前的古董”。把花种在盆子里或插在瓶里，有它的便利，有它的装饰味，“可是花的气象却因此难得被人领会了”。

第四期登了两篇。《谈谈周作人》中称道“周作人实在是大可佩服的”。“从明清人的小品文和日本人的小品文里去找题材，提出崭新的见解，非常恰当而深刻地用前人的事物与语言来说明现实生活”。而鲁迅是从报章杂志取材的。胡兰成指出，这是两人的不同之处。他认为周作人文章的缺点也在这里。“人们对于这时代的变动的愤怒与喜欢，究竟淹没了对于小事物的爱好，而从周作人的文章里所看到的情绪上的余裕，也只能引起怅触而已”。《论书法三则》论及中国书法的艺术味，书法艺术境界和绘画、音乐的共通和不同；书法的时代性；书法的形态、风韵和气度。他说：“形态佳不如风韵佳，风韵佳不如气度佳。”胡兰成十七岁时就在杭州从海宁周承德学书。晚年亡命日本，据传书艺名震扶桑，为川端康成所推崇。

胡兰成是一桩公案。台湾学者黄锦树说：胡兰成“是个极具争议的人物。要不是因为他在《今生今世》那章《民国女子》为风华绝代的文学天才张爱玲铸造了个天女般的绣像，现代中国文学史不太可能会提到他。即使是那样，附张爱玲之骥尾而留名文学史的胡兰成，他的形象也只不过是负心汉、浪荡子——到处留情，不可原谅地重重地伤害了我们日正当中的天才女子。况且他还是汉奸，曾在汪精卫政府里当宣传部次长”。（《世俗的救赎：论张派作家胡兰成的超越之路》）同是在台湾，与此反差极大的评价出自女作家朱天文，自承受胡兰成的影响“无或稍减，与日俱增”，胡成了她的精神导师。而在大陆，止庵在《今生今世》（大陆版）的《序言》中说：“我读《今生今世》，觉得天花乱坠，却也戛戛独造；轻浮如云，而又深切入骨。”这一评价，说的依然是“文学者”的胡兰成。而陈丹青则说：“八十年代，我们忽然知道中国有过沈从文、张爱玲，弄得这两位早已封笔而当时尚且健在的人物，譬如文学上的‘出土文物’。胡兰成晚岁写过十余种书，但他不是文学‘家’。依我的偏见，他的写书、性情、器识，犹有胜沈先生、张先生之处。”又说：“在海峡两岸，他是至今尚未出土，或出了土也不宜谈论的人。”（《多余的素材》）“不宜谈论”的原因，留给读者去寻味。

胡兰成的文艺评论和随笔，陈子善辑录了三十余篇，编为《乱世文谈》（印刻文学生活杂志出版有限公司 2009 年出版）。书中包括了《人间》刊载的四篇文字。他在《编选者言》中说：“一个文人的政治立场、民族气节固然至关重要，但与他的文学艺术成就毕竟不是一回事，不能简单的划上等号，是应该分别加以考察和评估的，虽然两者之间常有关联。”陈子善认为，胡兰成的文艺评论和散文随笔，值得现代文学史家留意。“全盘的否定和肯定都不足取，还是不因人废言，‘人归人，文归文’比较好。何况作为一个个案，作为一种特殊的历史文化现象，作为二十世纪中国文人某一方面的代表，胡兰成其人其文都应该认真研究”。

《人间》是在“孤岛”沉没后创刊的。从1941年12月9日日本发动太平洋战争，侵沪日军占领上海租界区，到1945年8月15日日本投降，上海沦陷三年九个月。学者傅葆石在《灰色上海，1937～1945》中将沦陷上海的作家们的反应分为三种：消极抵抗、积极反抗与附逆合作。“大多数留守上海作家为苟活在敌人统治下而感到羞耻”。他在论及沦陷期间专登散文小品的《古今》杂志时说：“小品文在一个动荡的时代提供了发泄个人疏离感和罪恶感的渠道。”与《古今》相类，《人间》也是一个“以散文为主的刊物”。（《创刊号后记》）

《人间》第二期“春到人间”专辑，集中发表了九篇散文三首诗。面对春光，作者却无一不是愁肠百结或牢骚满腹。班公的《清华园之春》，水木清华依旧而人事全非。“故人星散，往日的风流已渺不可寻。常听得同学们有成仁的消息，颠沛流离的当然更是无可胜数了”。胡金人的《处处桃花开》，命运未卜，前途飘渺无据。去年春天初到这座城市，桃花正含笑迎人，而今年此时要搬到另一座城市。新居窗外也有几枝桃花：“明年桃花开的时候，我们不知又在何处了。”陈烟桥的《春之呓语》，言对春没有好感。上海，有人说是只有冷热而没有季候的。“在上海只有骚音，机器，车轮，洋楼和灰色的人的钻动，没有一茎绿草，没有一丝春意”。鲁宾的《春来杂碎》，写“春天来了”，输光的赌徒瞪着眼睛回答：“非扳回本钱不可!”艺术家会捏起拳头晃晃：“房租未付，米都没钱买了，还开什么玩笑?”而大好佬春天的全部意义就是“食色性也”。萧剑青的《春的忏悔》，感叹“社会活吞了我振作的精神”，轻易溜过了人生青春，成为驮着一家十数口的壮年，热血、雄心已颓丧、懦伏。“春给我的是什么呢?过往的是‘梦’!目前的是‘灰’”!郭朋的《春日篇》，描述一对青年男女的恋情终于被病魔扼杀。“我有过一些春天，但那已经飘远”。

《人间》作者多为上海、南京的文人。张资平，广东梅县人，创造社元老，抗战时任职汪伪政权。文载道，原名金性尧，浙江定海人。纪果庵，原名纪国宣，又名纪庸，笔名果厂等，河北蓟县人。柳雨生，原名柳存仁，祖籍广东广州，生于北京。杨桦，原名杨之华，又名杨一鸣。傅彦长，原名傅硕家，字彦长，笔名包罗多、穆罗茶等，祖籍江苏武进，生于湖南宁乡。何若，原名梁式，又名梁康华、君度，笔名何若、尸一，广东台山人。路易士，原名路逾，祖籍陕西秦县，生于河北清苑。周越然，原名周之彦，浙江吴兴人。章克标，笔名杨天南、杨恺等，浙江海宁人。班公，原名周班侯，后曾编辑《小天地》杂志。周楞伽，原名周剑箫，笔名苗埒、危月燕等，江苏宜兴人。予且，原名潘序祖，常用笔名予且，安徽泾县人。谭惟翰，祖籍安徽太平，生于湖北武汉。应寸照，诗人和诗评家。陈大悲，原名陈听奕，字大悲，浙江杭县人，戏剧教育家。黄觉寺，又名黄觉时，画家，发起组织上海艺术学会。陈烟帆，浙江宁波人，画家。胡金人，原名胡川钰，安徽泾县人，画家。胡兰成的《新秋试笔》和张爱玲的《忘不了的画》中都有对胡金人的画作的评论。

《人间》第二期是5月出版的，第三期出刊时已到9月。这一期载有《本刊启事》："《人间》因经费无着，停刊已久，兹已实行改组，机构一新，自九月份起，继续出版，以后当可与读者按期相见，此同人等所引以为慰者也。"不过，10月出了第四期之后就偃旗息鼓。

李长之与《书评副刊》

李长之（1910～1978），原名李长治、李长植，山东利津人。这个今天令我们感到生疏的名字，二十世纪三四十年代已经是著名学者和文艺批评家。

李长之先入北京大学预科，1931 年考入清华大学生物系，1933 年转入哲学系，1936 年毕业留校任教。

作家董秋芳 1936 年在《怀长之》中曾这样描摹他的朋友：“一个广额下面，横列着一双秀长的眼，从那里面发射出犀利的目光，透过托立克的镜片，就会令人觉到他们的主人是具有敏锐的神经和清醒的思想的。而他全部的轮廓，看去是颇清癯的。那样子，几乎使人不相信他是个山东人，除非他带着山东内地口音说话的时

候。”（《黄钟》第八卷第二期）

李长之的研究涉及政治、文化、甚至科技等许多领域，范围广泛。感悟自得于心，见解异于流俗，文章遍于全国各类人文学术报刊的显要位置。抗战前，仅批评文字就有二百万言。

抗战开始，李长之先到云南大学，后到重庆，任教中央大学。

1944 年，主编《书评副刊》。

李长之一直把书评看作是文学批评的重要应用。1934 年，《文学季刊》创刊，李长之参加编委会并负责《文学季刊》中以《书报》命名的书评副刊。以后，他主编《文学评论》，尤其重视书评。第一卷第二期的《文学评论》中有《本刊特别启事三》，说：“在国外杂志中，书评一项，多占极大之篇幅。本国则以出版物既少，而评书者亦少，故杂志中之书评每付阙如。本刊有见于此，拟此后除载一般的文艺理论，及名著研究，作家批判，并精选文艺作品外，特仿欧美学术刊物编制方针，将以多量之篇幅，容纳此种稿件。所评性质，以广义的文学著作为范围，举凡精神科学之部门，悉在论列之内。”

李长之

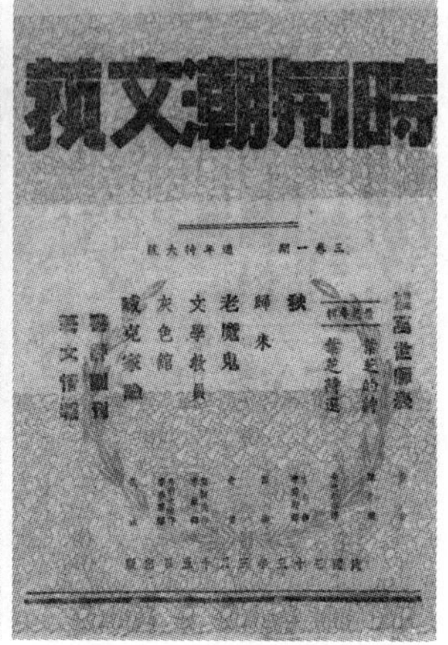

《时与潮文艺》三卷一期刊影

《书评副刊》是《时与潮文艺》的“刊中刊”。《时与潮文艺》，1943 年 3 月 15 日在重庆创刊的综合性文艺刊物，旨在“翻译海外名著，精选国内杰作”，月刊，十六开本。编辑人孙晋三，李长之的清华同学，当时在中央大学西语系教书。“刊中刊”是期刊副刊的一种形态，即占期刊中的一部分篇幅，与期刊一起出版发行。《书评副刊》附在《时与潮文艺》之中，每期约占十页。在 1944 年 3 月 15 日出版的第三卷第一期的《时与潮文艺》上，《书评副刊》与读者见面。这一期排列为第一号。

第一号《书评副刊》（以下简称《副刊》）《发刊词》中编者这样论述书评：

有人以为书评就是文学批评，这未免太小看了后者，也太夸张了前者了。然而书评确是文学批评的应用，确是文学批评工作之一部分，却也是任何人不能否认的。因为书评是文学批评的一部分——纵然是一小部分，所以我们理想中的书评应该符合一般的批评文章的条件，那就是：要同情的了解，无忌惮的指责，可以有情感而不能有意气，可以有风趣而不必尖酸刻薄，根据要从学识中来，然而文字仍须是优美而有力的创作。

编者特别强调批评的精神：

批评工作的基础究竟是在批评精神。批评精神的核心是在争一个真是非，是在不徇私（阿其所好和肆意攻击都是徇私!）这种精神的培养，固然有赖于批评工作者的本身，但是著作家方面的雅量，和读者方面之对批评工作之性质及其价值的认识，也是重要的。

第二号刊出的《稿约》中重申编者希望的稿件是“指责不必顾忌，但需发自同情；称赞也不必避免，但不是阿私”。同时，提倡不同的批评和反批评：“我们希望一书不妨有不同的意见的好几个评；我们也希望著书（者）在被评之后，肯有‘反批评’。”

书评的对象，编者说：“成本的大著，我们固然不欲放过，散见的单篇，尤其出自不经见的优秀青年作家的手笔，我们尤其乐意评介。”（《发刊词》）

李长之坚持求真。《副刊》第四号，评茅盾的小说《霜叶红似二月花》。李长之虽然对书中描写动乱与人物有所肯定，但总体而言，却是否定多于肯定。文中先刊出吴组缃的评论，指出茅盾“作品的主题，往往似乎从演绎而来，而不是从归纳下手，似乎不是全般从具体的现实着眼，而是受着抽象概念的指引与限制”。接着，是李长之的书评，列举不能不说的叫人不满意的地方，共四点：小说时间空间有些错乱；书中人物性格有些雷同；口语的不纯粹；有些说明浅。面对中国文艺界在小说创作有着辉煌成就的老前辈，李长之语气委婉，但并不隐晦。《副刊》第二号，评田间的诗集《给战斗者》，首先指出：“这是出奇地有着好坏两个极端的一部诗集。”先说好的：“作者显示极其优异的天才，他能创造新的形式，他能把握新的内容，在他的笔下，的确是战争的号音，战争的人物，战争的景色，而且，更重要的，是一切都是在崭新的姿态之下的。”然后举出《给战斗者》《自杀》等代表作，“就音乐论，田间的诗可说是像战鼓样的短音促节；就绘画论，则田间的诗乃是像谷诃一派的画似的，摄入他印象中的，总是重重的几笔”。说到坏的：“就另一个极端上说，则有些诗坏得不成样子。”并有诗为证，说：“田间的诗，政治意味本太浓，在这些诗里，就只是一些政治揭贴而已了。那直白而无曲折的程度，简直像腔肠动物似的了。”《副刊》第八号，评沙汀的小说《淘金记》，与沙汀同时出版的《奇异的旅程》对比评论。“《奇异的旅程》是写前线的一片段，《淘金记》乃是写后方之根深蒂固的一个地方势力在战时所激起的浪花。前者那样匆促，正如那所写的生活是昙花一现于某时一样，后者却那样深沉，而故事中的许多牵连的关系也是深深地结集在中国农村社会——特别四川这一角落上”。贬前褒后，态度鲜明。“同是一个作者的书，内容固然很不同，叫人尤其惊讶的却是高下竟也相去那样远”。他充分肯定《淘金记》“是我们仅见的乡土文学中之最上乘收获”，同时“奇怪作者为什么还不对像《奇异的旅程》那样的潦草平凡的东西割爱了”。《副刊》第十三号，评李广田的诗评集《诗的艺术》。他说：“大凡一本好的批评文字，第一要有巩固的根据，第二要对当时的风气有着针砭，第三要这批评文字的本身也是可读的。”就这三点而论，作者都做到了。语言“没有煽动，没有刺激，也没有讽刺，以及辛辣，或过于明快等”，朴实而畅达。书评毫不避讳对老友诗评的肯定和欣赏。

坦率直言是李长之书评的特色，文如其人，确如董秋芳对李长之的评断：“我心慕他的学识，倾赏他的文字，而尤其喜欢他那颗超乎世俗不遮不掩的天真孩心。”（《怀长之》）

1944 年 6 月，李长之在《〈梦雨集〉序》中说到书评：“书评的文字，我自知是费力不讨好的。因为，说出一个作家的长处罢，往往使另一些人不舒服；说到一个作家的缺点呢，那个作家本人就先觉得有些敌意了。”他认为，“这是在一个把人情和学问不能分开的国度里所不能避免的”问题，这也正是批评在中国不能发达的根本原因。因之，李长之强调：

> 批评是反奴性的。凡是屈服于权威，屈服于时

代，屈服于欲望（例如虚荣和金钱），屈服于舆论，屈服于传说，屈服于多数，屈服于偏见成见（不论是得自他人，或自己创造），这都是奴性，这都是反批评的。千篇一律的文章，应景的文章，其中决不能有批评精神。批评是从理性来的，理性高于一切，所以真正批评家，大都无所顾忌，无所屈服，理性之是者是之，理性之非者非之。（《产生批评文学的条件》）

李长之的书评写作和编辑工作，就贯注了他所倡导的这种精神，彰显了独立不迁的品格。

《书评副刊》从第一号到第十五号，一般每期发四篇左右，绝大部分为李长之的手笔。第七号四篇和第八号三篇，全部是他一人所作。常用的署名是长之，此外尚有李若、谅直、梁直、翼而、何逢、高原、方棱、弓马示、书虫、朗琴、公方苓、陈思伊等十多个笔名。如此密集的书评，从阅读到行文都要付出极大的精力。他当时已到国立编译馆任职，但仍在中央大学兼课，尽管笔力健旺，也不堪重负。《时与潮文艺》第四卷第四期有《编辑部启事》："因李长之先生卧病，书评副刊本期暂缺，下期照常。"第五期又有《编辑部启事》："书评副刊因李长之先生病未痊愈，本期续停。”一直到第六期的《时与潮文艺》，读者才看到《书评副刊》（本期无编号）。这一期仅有对《姜步畏家史》《夜奔》《中国文学欣赏举隅》的书评三篇，全是李长之以化名刊载。看来似是为这一期突击写出，也或许是过去的存稿。接下来，就是第五卷第一期了，编号为第十三号的《书评副刊》，只有《诗的艺术》一篇书评。《编辑部启事》说："李长之先生病未痊愈，本期仅能勉作一评，书评副刊革新计划，将于以后逐步实现，请读者注意。”

1946 年 5 月 15 日《时与潮文艺》停刊，《书评副刊》也随之结束。李长之与编译馆人员一起复员南京。同年 10 月，赴北京师范大学任教。

1949 年，李长之迎来解放。但他没有想到，此后的几十年因为一本书而带来了无穷无尽的灾难。1935 年，年轻的李长之出版了《鲁迅批判》。这是一个二十五岁的青年对鲁迅“自信而负责的观察”，记录下的真实感受。这里的“批判”，只是含有“分析”“评论”意思的中性词语，并不是后来人们赋予的“抨击”“大批判”的含义。但李长之先是 1957 年被划为“右派”，列名另册，离开讲坛。接着是“文革”升级为“攻击鲁迅的反革命老手”，受尽折磨羞辱。“文革”结束，已是

“灯尽油干”，1978 年去世。

近年伍杰、王鸿雁精选李长之的书评一百余篇，按照书评理论、现代作品评论、古代作品评论、外国作品评论四个部分，分编为五册出版，书名《李长之书评》。编者在《总论》中，将李长之书评的风格和特色概括为以下五点：“一是书评均以书为中心，认真读书，认真评书，唯书是评；二是书评立意宽广，思路开阔，所评门类、作品极多，不为本人专业所限；三是书评立场鲜明，敢讲真话，是非曲直分明，细说真善美、假恶丑；四是书评对被评者无贵贱之分，无亲疏之别，无践踏和吹捧之嫌；五是书评理论概括与具体剖析融为一体，评得具体，没有套话。”李长之“是把书评真正作为一项重要的思想文化事业来做的批评家”。

《文艺春秋副刊》的书话

《文艺春秋》，二十世纪四十年代在上海出版，永祥印书馆编辑印行。范泉主编，陈安镇发行。

1944年10月，《文艺春秋》创刊时为丛刊。丛刊，以书的面目分辑出版的期刊。这是上海从“孤岛”时期到抗战胜利，为避开杂志出版登记而出现的一种期刊形式。每辑根据中心内容或借用辑中某篇文章另起一个书名，书名一辑一换。1945年9月，《文艺春秋》丛刊已出五辑，分别是《两年》《星花》《春雷》《朝雾》《黎明》。最后一辑出版时，日寇已经投降。稍作整顿，12月复刊时改为月刊，作为第二卷的开始。以后是每年两卷，每卷六期，至第七卷。第八卷出了一至三期，1949

《文艺春秋副刊》第一期刊影

年 4 月 15 日终刊。

《文艺春秋》每期二百多页码的篇幅，主要发表重型的长篇作品，但读者也希望看到轻型的短小精悍的作品。这样就催生了《文艺春秋副刊》。1947 年 1 月 15 日，与《文艺春秋》第四卷第一期出版的同时，一个新的刊物面世。当期《文艺春秋》的《编后》作了说明：《文艺春秋副刊》每月出版一册。

《文艺春秋副刊》是正刊《文艺春秋》的副牌刊物，

也称“刊外刊”。这种副刊形态不在正刊之内，而是单出一本，不随正刊赠送，需要另外付钱订阅购买。第一卷第一期《文艺春秋副刊》，三十二开本，三十六页。封面单色，上方为刊名，下方为“上海永祥印书馆印行”，中间即是当期的目录。

《编者的话》说：“这一本小杂志，虽然名曰《文艺春秋副刊》，其实并非是专载文艺作品的杂志。我们只是想在这里谈谈作家，谈谈作品，以及报道一点艺文方面的小消息给大家知道，如此而已。”“我们欢迎赐稿，如作家记，书的介绍，书的消息，国内国外各地文艺活动的报导。”这样的内容正是对正刊的补充。内文小五号字排印，容量可观。“谈谈作家，谈谈作品”的文章，千字篇幅，精警短俏，文字活泼，很受读者欢迎。书话尤获好评。

《文艺春秋副刊》第一期的“头条”是晦庵的书话。晦庵为唐弢的笔名。唐弢（1913～1992），原名唐端毅，常用的笔名有晦庵、风子等。浙江镇海（今属宁波）人。唐弢说，他写书话时抗日战争尚未结束，“蛰居上海，有时披览书籍，随手作些札记”。（《〈书话〉自序》）1945 年，以“晦庵”笔名发表在柯灵主编的《万象》六月号。由此开始至 1946 年底，有百余篇书话在报刊登出。编者述说重刊缘由：“晦庵先生的书话，自去年在文汇报副刊文化街连载以后，即传诵一时，本期十二则，战时曾发表于《万象》，其时交通梗阻，读到的人不多，兹征得作者同意，在这里重刊一次。”（《编者的话》）

1944 年的唐弢

书话第一则为《引言》：

> 近来书价越发昂贵了，即使跑跑冷摊，身边也非有五百一千元闲钱不办，醋驮如我，逛书市虽成嗜好，也只好把这点快乐节去了。于是就退回蜗居，翻起自己的收藏来，自然，这是非常贫乏的。“百宋一廛”，古人已远，我何敢再去做黄荛圃式的好梦。因而所买的只限于新书。虽然现在也有新的王冠军，有王冠军所聘“九爷”那样的人物，而我要的却是他们的弃余，当初原只为了合用，随手买

下，决不存收藏之心的。二十年来，一书数出，改动增删，不但足供谈助，也间有一点文献的意义。灯下披读，摘记一二，明知是无益的事，在我自己，也无非为了排遣岁月，聊以自娱而已。

第二期刊登四则，第三期又登六则。唐弢的新文学书话，多以一书一人为题，见解精辟，论断精当，片言只语中显出真知灼见。他以丰富的版本知识，开拓了新文学史料学的新领域。

唐弢讲究书话的篇章和文采。二十世纪六十年代，说到自己的书话，他谦称“材料的记录多于内容的评论，掌故的追忆多于作品的介绍”。但表示：“我曾竭力想把每段‘书话’写成一篇独立的散文：有时是随笔，有时是札记，有时又带着一点絮语式的抒情。”（《〈书话〉序》）“书话的散文因素需要包括一点事实，一点掌故，一点观点，一点抒情的气息；它给人以知识，也给人以艺术的享受”。（《〈晦庵书话〉序》）

唐弢之前，曹聚仁、阿英都写过书话；但新文学史上第一位有着自觉的文体意识的书话家，则应是唐弢。躲斋（姜铭）指出：“唐弢虽以杂文和鲁迅研究著称于世，在我看来，他的书话才足以表现其治学和行文的独特风格。如果说鲁迅选择了杂文为表达他对社会对人生见解的最适宜的文学形式，茅盾选择了小说，曹禺选择了戏剧，那末，唐弢选择了书话。”（《唐弢书话的艺术追求》）这是确当的评论。

第二期有方兰汝的《旧报新谭》，副题是《书城胜语之一》。旧报，说的是《大公报》的《文艺副刊》，说了林徽音（因）关于古代建筑考察与梁思成的通信，邓叔存写儒林人物、思想、行动无一不有趣的南归日记。“闲话”道罢，进入正题：从沈从文前一年发表在《大公报》的《从现实学习》，再翻十几年前《文艺副刊》上沈的文章，说明他“至今仍旧与新文坛上的人物作战”。第三期的《旧报新谭》不再有副题。话题依然是从《文艺副刊》说起，欣赏闻一多文字之风采和见识之明锐，倾倒钱钟书英国小品式文章的精炼与风华，最爱杨绛的《路路》小小篇幅，文字俏皮，又含蓄着一种轻微的忧郁。结尾却转到“作者名青子”、书名《虹霓集》，旁敲侧击沈从文的浪漫情事。

方兰汝，黄裳的笔名。黄裳（1919～2012），原名容鼎昌，祖籍山东，生于河北井陉。交通大学肄业。1945 年进《文汇报》任记者。黄裳早期的书话大多为读书记，以学人厚重的文史积累，记录淘书见闻、书肆流变、刻本佳籍、书林掌故，考证求索，文字中散发着书香。有的书话却是以对人生世相的洞察和记者敏感迅捷的职业习惯，引申发挥，月旦人物，融入了杂文的笔法。

署名“黄伯思”的《谈何其芳》和《关于废名》，也是黄裳的文字。他把它们归入“读书记之类的东西”。写何其芳，诗人“走出了象牙之塔而漫步向十字街头。塔里的人向他挥手惜别而街上的人熙来攘往，还没有太多人来迎接他，在这儿，我们的诗人还有一段寂寞的旅途”。写废名，不满他与“关在狱中，已经为全国文艺界所不齿”的周作人相互唱和。“我看出废名先生在彷徨。彷徨之余也许是坚定，也许是沉沦”。五十年过去，历史的发展和黄裳当年的预想并不相同。

《文艺春秋副刊》中还有一位写书话的是何为。何为（1922～2011），原名何振亚，浙江定海人，幼年时全家迁居上海。肄业于上海圣约翰大学，后去《文汇报》。二十世纪八十年代他回忆：“《书话》作者署名晦庵，那时我们都知道出自唐弢手笔。唐弢同志是‘五四’运动以后中国新文学作品各种名贵版本的藏书家。抗战结束后，某次我有幸在他当年的同孚路沪寓‘书城’中纵横穿行，往来梭巡，留连忘返，大概也只是窥见一角，便如入宝地，对其藏书之丰，不禁叹为观止。”当年他是唐弢的“粉丝”，何为说：“我是《书话》的热心读者，同时又是《书话》散文的拙劣临摹者”，“大抵以某一本书为中心，记叙与抒情兼而有之，其文体略似英国的 familiar essay，盖取其平易亲切如话家常，是一种近乎晦庵《书话》式的散文，即使这仅仅是我的愿望”。（《〈小树与大地〉后记》）

第一期的《在书堆里》《读〈伦敦杂记〉》，第二期的《书店》《诗的艺术》《悲多芬：一个巨人》，第三期的《巴尔扎克和债主》《高尔基二三事》《拉赫马尼诺夫断片》，或评价一本著作，或感怀藏书读书，都是何为的作品。夏奈蒂、夏侯庞、林抒、参赏、小诃、晓芒、缄堂、程序、王裔、摩诃等是何为经常使用的笔名，由此简化的单字笔名参、赏、程、序、明、苓等，十之八九也是何为所署。综合栏目的文章，看来是他撰写或组织编辑。

《书的消息》和《域外书市》是《文艺春秋副刊》关于书籍出版动态的栏目，前者国内，后者域外。无论当月出版的“西窗小书”，将要复刊的《文学杂志》，还是“欧·亨利短篇小说奖”的评选，《奥特赛》的最新译本，都有及时的报道。美国诗史和苏维埃文学，广收博取，都在编者的视域之内。肯定“七月诗丛”“都是结实、健康、有着强烈的生命的力量的诗集”，也预测赛珍珠的新作“按诸赛珍珠过去以中国为背景的几部小说来看，此书恐怕也未必怎么高明”，编者自有体认。

图书广告，研究者列为书话的一个品类。新文学书籍广告，既要准确地定位书的内容、传达销售信息，还要有文化内涵和文学色彩。鲁迅、叶圣陶等都是撰写书刊广告的大家。《文艺春秋副刊》中这类文字与大家自有距离，但密集的信息量与浓厚的书卷气则是肯定的。

书评有晓歌《路翎的〈求爱〉》、李何林《读〈鲁迅书简〉》等，也是“谈谈作品”的严肃的文字，值得一读。

《文艺春秋副刊》和《文艺春秋》的主编同为一人。范泉（1916～2000），原名徐森，徐炜，上海金山人。1939年毕业于复旦大学新闻系。抗战时期和四十年代后期，在上海主编《文艺春秋》。五十年代初加入中国共产党，但不久被捕，开除党籍。1957年被划为“右派”，发配青海劳改。1979年得以平反，留任青海师范学院中文系教授。1986年冬回上海，任上海书店总编辑。主持编纂《中国近代文学大系》。

《文艺春秋副刊》只出了三期。3月出版的第三期上即登出了《紧要启事》："本副刊因故自四期起停刊"。这个"故"，编者没有细说。但2月出版的第四卷第二期《文艺春秋》上，编者在《编后》中已经说得明白：物价高涨，通货膨胀，"像一阵暴风雨，把出版业摧残得体无完肤，摇摇欲坠了。十多天来，白报纸已经跳出十万大关，排印工才涨了不久，而听说又将涨上四成，这种接一连二的打击，也正是上海期刊不断夭折的原因"。《文艺春秋副刊》也难逃劫难。

后　记

近五年来，阅读民国文学旧刊，几成我退食生活的日课。

民国文学旧刊，让我感受到一个时代的文学气场。一份刊物、一个栏目、一篇文章、一幅漫画……一种历史氛围的还原，促使我在明日黄花中钩沉辑录，去寻觅已经消逝或被消失的陈迹。

这本书就是部分阅读札记的结集。

感谢陈四益先生赐序。先生的谬奖，令我汗颜。但先生在文中所显示的博识和洞察，我除了钦佩之外，还有会心的喜悦。

何宝民　甲午中秋，郑州

图书在版编目（CIP）数据

旧时文事：民国文学旧刊寻踪/何宝民著．—福州：福建教育出版社，2015.1

（叙旧文丛）

ISBN 978-7-5334-6077-8

Ⅰ.①旧…　Ⅱ.①何…　Ⅲ.①文学—期刊—研究—中国—民国　Ⅳ.①I209.9

中国版本图书馆CIP数据核字（2014）第259977号

叙旧文丛

JIUSHI WENSHI

旧时文事

——民国文学旧刊寻踪

何宝民　著

责任编辑：林冠珍

美术编辑：季凯闻

出版发行	海峡出版发行集团 福建教育出版社 （福州梦山路27号　邮编：350001　网址：www.fep.com.cn 编辑部电话：0591—83726971　83726290 发行部电话：0591—83721876　87115073　010—62027445）
出版人	黄　旭
印　　刷	福州万达印刷有限公司 （福州市仓山区橘园洲工业园仓山园19号楼　邮编：350002）
开　　本	787毫米×1092毫米　1/32
印　　张	7
字　　数	111千
插　　页	2
版　　次	2015年1月第1版　2015年1月第1次印刷
书　　号	ISBN 978-7-5334-6077-8
定　　价	36.00元